KB070307

한일 작가들의 대화

신경림 ■ 다니카와 슌타로

한일 작가들의 대화

신경림 ■ 다니카와 슌타로

모두 별이 되어 내 몸에 들어왔다

예담

목차

들어가는 말

대시(對詩)에 대하여

몇 사람이 차례대로 돌아가면서 시를 쓰는 '연시(連詩)'와 달리 둘이서 짓는 시를 일본에서는 '대시(對詩)'라고 부릅니다. 연시도 대시도 시인들이 얼굴을 맞대고 며칠 동안 같이 생활하면서 쓰는 게 본래의 모습이지만 우편이나 팩스를 이용할 때도 있습니다. 또 근래에 와서는 전자메일로 시를 주고받을 때도 많습니다.

시인들의 모어가 서로 다른 경우에는 번역자가 필요한데, 한자리에 모여서 할 때는 번역도 시인들과 번역자들이 힘을 합친 공동 작업이 되기도 합니다. 일상과는 약간 이질적인 그런 창작의 장을, 일본에서는 '좌(座)'라고 합니다. 때로는 술도 마시고 세상 이야기도 하면서 창작하는 시는, 혼자 쓰는 작품과는 발상부터 달라서 재미있습니다.

이번에 신경림 씨와 함께한 대시는 한국과 일본 사이에서, 번역자인 요시카와 나기 씨를 중간에 두고 전자메일로 진행되었습니다. 그 사이에 일어난 세월호 사건 때문에 대시의 흐름이 예기치 않게 드라마틱한 것이 되어 인상이 깊었습니다. 신경림 씨도 나도 삶에서 유리된 관념적인 언어를 좋아하지 않기 때문에 시의 어조에 흐트러짐은 없었을 것입니다.

시는 자칫하면 모놀로그 비슷한 것이 되기 쉽습니다만, 대시는 좋든 싫든 간에 다이얼로그(dialogue)가 되지 않을 수 없습니다. 혼자서는 떠오르지 않는 말이 타자와의 관계에 있어서 뜻밖에 튀어나올 때가 있는데, 대시나 연시의 활력은 바로 그런 점에서 생겨나는 것 같습니다.

국가 간의 관계가 순조롭지 못할 때도 시인들은 —그들도 그 안에 살고 있기는 하지만— 또 하나의 편안한 공간에서 정치인들의 언어와 차원이 다른 시의 언어로 즐겁게 이야기를 나눌 수 있습니다. 저는 그게 좋습니다.

2014년 섣달

다니카와 슌타로(谷川俊太郎)

대시

對詩

신경림, 다니카와 슌타로 시인
2014년 1월부터 6월까지 시로 대화를 나누다.

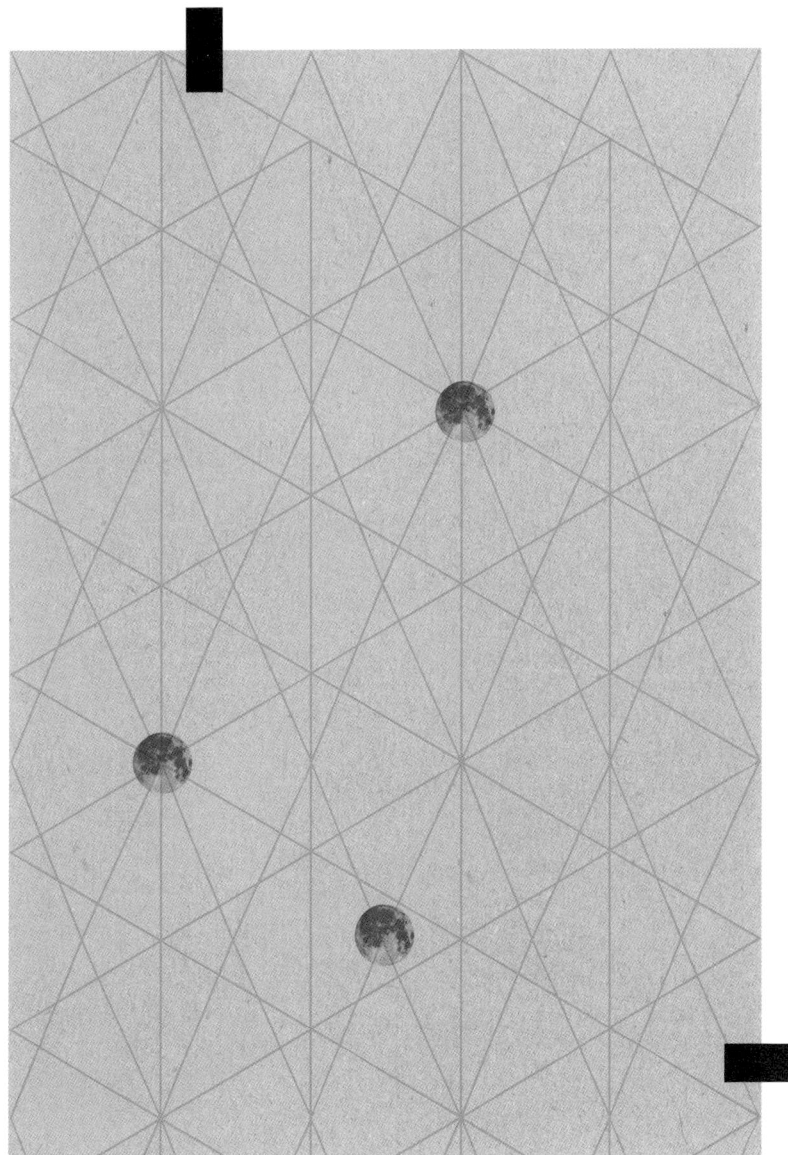

1

父が遺した白い李朝の壺
歴史が傷つけた痕があるけれど
それも壺の美しさを損なってはいない
秋　壺はつつましい野花を
黙って抱きとめている

谷川

아버지에게 물려받은 조선백자 항아리
역사가 흠집을 남겼는데도
항아리는 여전히 아름답다
가을. 항아리는 아담한 들꽃을
말없이 그러안고 있다

다니카와

2

昨夜ふいに小糠雨が通り過ぎた
松の木は青々と水を湛え
椿も口もとを綻ばせている
この姿　新しく壺に刻み
海を隔てた友人たちに傳えたい

申庚林

간밤에 문득 이슬비 스쳐가더니
소나무에도 새파랗게 물이 오르고
동백도 벙긋이 입을 벌리기 시작했다.
이 모습 새롭게 항아리에 새겨
바다 건너 벗들에게 전하고 싶구나

신경림

3

ニューズでは
國と國が血を流しているが
天氣予報では
氣まぐれな雲が
はにかむ地球にヴェールをかぶせている

谷川

뉴스에서는

나라들이 피를 흘리고 있지만

일기예보에서는

변덕꾸러기 구름이

수줍어하는 지구에다 베일을 씌우네

다니카와

4

休戰ラインは春でも夜風が冷たいけれど
咲き始めた野の花たちは
互いに戯れつつ
兩側から　われ先に
鐵條網を這い上がる

申庚林

휴전선의 밤바람은 봄이 와도 찬데
막 피기 시작한 들꽃들이
서로 장난질을 치며
양쪽에서 다투어
철조망을 기어 올라가고 있다

신경림

5

老人の深い嘆息
幼子の弾けるような笑い
放し飼いの牝鷄の甘ったれた鳴き聲
世界は脈打っている
物思いに沈む娘の未來のために

谷川

노인의 깊은 한숨

어린아이의 깔깔거림

놓아기르는 암탉의 어리광부리는 듯한 울음소리

세계는 맥박치고 있다

수심에 잠기는 아가씨의 미래를 위하여

다니카와

6

神様はすっかり老いてしまわれた
陽射しに發熱した地球が
苦しい息をしていても
意地悪な子らが軍靴でそれを踏み荒しても
氣づかないのだから—

申庚林

하느님은 너무 나이가 드셨어

햇살에 몸이 뜨거워진 지구가

가쁜 숨결을 토해내도

심술쟁이 아이들이 군홧발로 그걸 짓밟아도

못 보시는 걸 보면—

신경림

7

佛壇も神棚もない家
讚美歌をハミングする母
オルフェウスを夢見ている息子
理性の行く末を案じる祖父
テレビから流れてくるコーラン

谷川

불단도 신단도 없는 집
콧노래로 찬송가 부르는 어머니
오르페우스를 꿈꾸는 아들
이성(理性)의 앞길을 염려하는 할아버지
텔레비전에서 흘러나오는 코란

다니카와

8

祖父の一生の夢は國の開化
力を貸してくれると信じた隣人が
泥棒になるのを見て
酒と嘆息で生涯を終えたおろかもの
僕はその嘆息の中に詩を探し

申庚林

할아버지의 평생의 꿈은 나라의 개화

그때 이웃이 힘이 되어 주리라 믿었다가

그 이웃이 도둑이 되는 걸 보고

평생을 술과 한숨으로 보낸 못난 사람

나는 그 한숨 속에서 시를 찾고

신경림

9

酔うために飲むのではないから
マッコリはゆっくり味わう
アタマの中で右往左往してる意味のもつれを
味わいがカラダごと解きほぐしてくれる
おや　やはり少々酔ったのかな

谷川

취하기 위해 마시는 술이 아니니
막걸리를 천천히 맛본다
머릿속에서 우왕좌왕 헝클어진 의미의 응어리를
그 맛이 온몸과 함께 송두리째 풀어준다
어, 나 역시 좀 취한 것 같구나

다니카와

10

南の海から悲痛な知らせ
何百人もの子どもたちが水底(みなそこ)で
船に閉じ込められているという
國じゅう涙と怒りで大騒ぎなのに　僕はただ
散り敷いた花びらを見つめることしか

申庚林

남쪽 바다에서 들려오는 비통한 소식
몇 백 명 아이들이 깊은 물 속
배에 갇혀 나오지 못한다는
온 나라가 눈물과 분노로 범벅이 되어 있는데도 나는
고작 떨어져 깔린 꽃잎들을 물끄러미 바라볼 뿐

신경림

11

自らの心と書く漢字の息
日本語では生きると同じ音の息
聲にならない言葉にならない息が出来ない苦しみに
想像力で寄り添うことすら出来ない苦しみ
詩の余地がない

谷川

숨 쉴 식(息) 자는 스스로 자(自) 자와 마음 심(心) 자
일본어 '이키(息, 숨)'는 '이키루(生きる, 살다)'와 같은 음
소리 내지 못하는 말하지 못하는 숨이 막히는 괴로움을
상상력으로조차 나누어 가질 수 없는 괴로움
시 쓸 여지도 없다

다니카와

12

夜通し水中で踠いて
目を覺ますと布團が茨のごとく僕を刺す
我關せずとばかり朝陽のまぶしい前庭では
モクレン散りシャクヤクが咲き
そうして春は逝きつつあるのだが

中庚林

밤새껏 물속에서 허우적대다가

눈을 뜨니 솜이불이 가시덤불처럼 따갑다

아랑곳없이 아침햇살이 눈부신 앞뜰에는

목련이 지고 작약이 피고

이렇게 봄은 가고 있는데

신경림

13

新聞から目を逸らして テレビの音を消して
庭のカエデの若葉を見ています
人の手が觸れることの出来ないものを畏れることと
人の手が觸れたものを怖れること
畏怖を忘れるとき恐怖が生まれる

谷川

신문에서 눈을 떼고 텔레비전 소리도 끄고
뜰에 있는 단풍나무의 어린잎을 바라봅니다
사람의 손이 닿지 못하는 것을 외경(畏敬)하는 것과
사람의 손이 닿은 것을 무서워하는 것
외경심을 잃어버릴 때 공포가 생긴다

다니카와

14

人の手の及ばざるもの　いよよ增え
人の手の及ぶもの　いよよ怖ろし
世に與え得る何ものもなく
ただずっと突っ立っている
ヤマナラシの老木が　こんな日は妙に哀しい

申庚林

사람의 손이 닿지 못하는 것은 갈수록 많아지고

사람의 손이 닿는 것은 갈수록 두려워진다

세상에 아무것도 주지 못하면서

오래 서 있기만 하는

늙은 미루나무가 오늘따라 서럽다

신경림

15

「……この世のどんな言葉をも
海は黙って消し去ってしまうのだ」*
だがその後にもフォーレのレクイエムの
美しい旋律にひそむ言葉の種子が
五月の陽射しに暖められて芽生えを待っている

谷川

*洪允淑「海」より　茨木のり子 譯

"……어떤 이 세상 말도
바다는 잠잠히 지워 버린다"*
그러나 말의 씨앗은 포레의 레퀴엠 속에 숨어 있다
그 아름다운 선율 속에서
따스한 오월의 햇살을 받으며 싹트는 날을 기다린다

다니카와

* 홍윤숙 「바다를 위한 메모」에서 인용

16

ソウルの空に星がきらめくのを見たのだが
朝起きるとアパートの塀に
眞っ赤な薔薇（ばら）が何輪かしがみついて笑っている
地上には太初（はじめ）に言葉があり
星と花のまばゆいダンスがあった

申庚林

서울 하늘에 별 몇 개 반짝 빛나는 걸 보았는데
아침에 깨어 보니 아파트 담장에
몇 송이 새빨간 장미가 매달려 웃고 있다
태초에 지상에 말이 있고
별과 꽃의 눈부신 춤이 있었으니

신경림

17

星の名を知らずにいたい
花の名を覺えたくない
無名も有名も同じ生きもの
名付けられる前の世界の混沌で
神はまどろんでいればいい

谷川

별 이름 모르고 싶다

꽃 이름 외우기 싫다

이름이 없어도 있어도 다 같이 살아 있는데

신은 명명 이전의 혼돈된 세계에서

다만 졸고 있으라

다니카와

18

僕とすれ違った人々の
名前を僕は知らない
みな星になって胸に刺さっているだけ
名を忘れて　ようやく美しくなった
その譯を知ったところで何になろう

申庚林

나를 스쳐간 사람들

그 이름들을 나는 모른다

모두 별이 되어 가슴에 박혀 있을 뿐

이름들을 잊어 비로소 아름다워진

그 까닭 알려 해서 무엇하랴

신경림

19

詩に行き詰まると
時々金平糖を口に放りこむ
色とりどりの異形の星
その小さな角が舌の上で溶けてゆく
幼時の無邪氣を失いたくない

谷川

시가 잘 써지지 않을 때

가끔 별사탕을 입에 넣는다

형형색색의 야릇한 별

그 작은 뿔들이 혀 위에서 녹아간다

어린 시절의 순진함을 간직하고 싶네

다니카와

20

野薔薇の香り部屋に満ち
麥熟れる匂い鼻をくすぐる
初夏の夜風は容赦がない
僕をこんなに
見さかいもなく浮き足立たせて

申庚林

방안 가득한 찔레꽃 향기

코를 간질이는 보리 익는 내음

초여름 밤바람은 사정이 없구나

나 이렇게

철딱서니 없이 들뜨니

신경림

21

洗って磨いて無臭にしたからだのために
どんな花も敵わない新しい香りをヒトは創る
悪臭と變わらぬ匂いのチーズを味わったあとで
臭わぬ先に糞尿を水に流す
本當に怖いのは臭わずにヒトを侵すもの

谷川

사람은 씻고 닦아서 냄새 없앤 몸을 위하여
어떤 꽃보다 좋은 향내를 만들어낸다
고약한 내의 치즈를 맛본 다음
똥오줌을 냄새 맡기 전에 떠내려 보낸다
진짜 무서운 것은 냄새 없이 사람을 침범하는 그 무엇

다니카와

22

これまで出會ったあらゆるものが僕のからだに入ってきた
すみずみまで巡って僕を引きずり出し
空高く舞い上がったあげく
爆竹みたいにはじけて地上に散れば
やっと遠くの山に月が昇る

申庚林

살면서 만난 온갖 것들이 내 몸에 들어왔다
구석구석 돌다가 나를 끌고 나와
높이 하늘로 치솟았다가
폭죽처럼 터져 지상에 흩어지니
그제야 먼 산에 달이 뜬다

신경림

23

✉

庭で遠花火を見ている小さな弟は
遅れてやって来る音を待って歡聲をあげる
もう學校へ行っている兄は
机の上に『星の王子さま』をひろげている
これからだ　二人とも

谷川

마당에 나가 먼 불꽃놀이를 바라보는 어린 동생이
늦게 찾아오는 소리에 환성을 지른다
학교에 다니는 형은
책상 앞에서 『어린 왕자』를 읽고 있다
이제부터다 둘 다

다니카와

24

子どもたちが外に出てひなたぼっこをしている
木や花や鳥と一緒に
いたずらっ子みたいなお日さまにからだをくすぐられ
耐えきれず皆で笑いさざめく
長い梅雨の終わりは　朝がいっそうきらびやかだ

申庚林

아이들이 햇볕을 쬐느라 문 밖에 나와 서 있다

나무와 꽃과 새와 동무가 되어서

햇살은 장난꾼처럼 몸을 마구 간질이고

모두들 못 견뎌 깔깔대고들 웃는다

오랜 장마 끝이라서 아침이 더 찬란하다

신경림

신경림, 다니카와 슌타로 시인이
서로의 대표작 중에서 좋아하는 시를 뽑다.

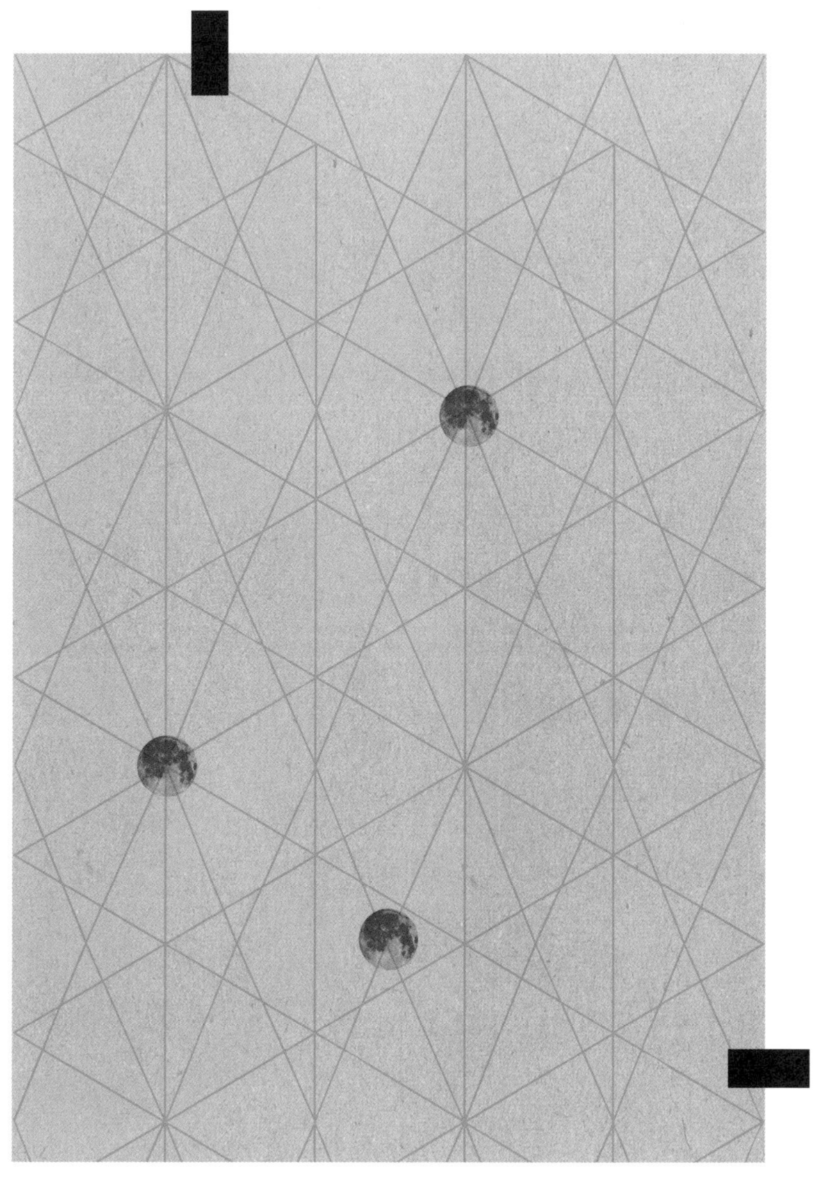

20억 광년의 고독

인류는 작은 공 위에서
자고 일어나고 또 일도 하면서
간혹 가다 화성에 친구를 갖고 싶어한다

화성인들이 작은 공 위에서
무엇을 하는지 나는 모른다
(어쩌면 네리리 하고 키르르 하고 하라라 하고 있을지도)
하지만 가끔 지구에 친구를 갖고 싶어할 것이다
그것은 확실히 말할 수 있다

만유인력은
끌고 당기는 고독의 힘이다

우주는 일그러져 있다
그래서 모두가 서로를 찾는다

우주는 조금씩 팽창하고 있다

그래서 모두가 불안하다

20억 광년의 고독에

나는 무심코 재채기를 했다

슬픔

저 파란 하늘 속 물결소리 들리는 곳에
뭔가 엄청난 물건을
내가 빠뜨리고 온 것 같다

투명한 과거의 전철역
유실물센터 앞에서
나는 더욱 슬펐다

책

솔직히 말해서
책은 흰 종이로 있는 게 좋았다
더 솔직히 말하면
푸른 잎이 우거진 나무로 있고 싶었다

그러나 벌써 책이 되고 말았으니
옛날의 일을 잊어버리려고
책은 자신을 읽어 보았다
"솔직히 흰 종이로 있는 게 좋았다"고
검은 문자로 쓰여 있다

나쁘지 않다고 책은 생각했다
내 마음을 모두가 읽어준다
책은 책으로 있다는 게
조금 기뻤다

자기 소개

저는 키 작은 대머리 노인입니다
벌써 반세기 이상
명사 동사 조사 형용사 물음표 등
말들에 시달리면서 살았기 때문에
가만히 있는 것을 좋아하는 편입니다

저는 목수연장 같은 게 싫지 않습니다
또 작은 것도 포함해서 나무를 무척 좋아하는데
그것들의 명칭을 외우는 일은 서투릅니다
저는 지나간 날짜에 별로 관심이 없으며
권위에 대해서 반감을 가지고 있습니다

사팔뜨기고 난시고 노안입니다
집에는 불단(佛壇)도 신위(神位)도 없지만
방안에 직결되는 커다란 우편함이 있습니다
저에게 수면은 일종의 쾌락입니다

꿈을 꾸어도 눈만 뜨면 잊어버립니다

여기서 쓴 것은 다 사실인데
이런 식으로 말로 표현하면 왠지 수상하네요
따로 사는 자식 두 명 손자 손녀 네 명
개나 고양이는 없습니다
여름은 거의 티셔츠 차림으로 지냅니다
제가 쓰는 말은 값이 매겨질 때가 있습니다

임사선(臨死船)

모르는 사이에 저승행 연락선을 타고 있었다
제법 붐비고 있다
늙은이가 많지만 젊은 사람도 있다
놀랍게도 아기의 모습도 드문드문 눈에 띈다
혼자 있는 사람이 대부분이지만 겁에 질린 것처럼 서로 붙어 있는 남녀도 있다

저승에 가는 것은 쉬운 일이 아니라고 들었는데
이대로 이 배 위에서 흔들리고 있기만 하면 된다면 너무 편하다
하고 생각했으나 왠지 허전하다
정말 그렇게 생각했는지 잘 모른다
죽었기 때문인지 아니면
마음이란 원래 그런 것이었는지

문득 위를 올려다봤더니 여기에도 하늘이 있었다

해가 지기 시작한 초가을의 늦은 오후의 빛이다
바랜 청색을 아련한 주황색이 베일처럼 덮어 있다
깰 것 같으면서도 깨지 않는 꿈 같다
배는 낮고 고풍스러운 기관음을 내고 달린다
저승이 아직 멀었나

옆에서 노인이 혼잣말처럼 중얼거린다
"이게 저승과의 사이에 있는 강인가요?
생각보다 훨씬 크네요. 마치 바다 같다"
하긴 건너편 강기슭이 안 보인다
그런데 수평선도 안 보이는 것은
하늘과 물이 한 장의 천처럼 이어져 있기 때문이다

어, 어디선지 목소리가 들린다
"여보, 여보!" 한다
울고 있는 모양이다
귀에 익은 소리라 생각했더니 마누라 목소리였다
이상하게 요염해서
안고 싶어졌다 몸은 이제 없을 텐데

두리번거려서 마누라를 찾았다
바로 옆에 있었지만 모습은 귀신처럼 희미하다
손을 잡아 봐도 아무런 느낌이 없다
대신 그녀의 마음은 손바닥을 보듯이 환히 알 수 있다
진심으로 슬퍼하는 것은 좋은데
생명보험이라는 타산이 작용하는 게 마음에 걸린다

마누라 울음소리를 들어도 죽었다는 실감이 없고
살아 있었을 때의 연장 같다
하긴 생전에도
살아 있다는 실감이 별로 없었다
그때부터 벌써 죽고 있었던 걸까?
뚜 하고 멍청한 소리로 기적이 울렸다

새떼가 배 위에서 원형을 이루면서 춤춘다
그들은 아직 고이 잠들지 못하는 영혼들이다
옛날에 그런 이야기를 읽었다
새가 되어 버리면
먼저 죽은 친척이나 친구들과 이야기도 못하잖아
아니면 여기서 사람의 말은 쓸모가 없나

걱정할 필요는 없었다
한 마리가 하늘 위에서 나를 불렀다
소리는 들리지 않지만 마음이 울려온다
내 동갑으로 다섯 살 때 죽은 이웃집 여자아이다
"엄마 아직 안 와
여기 꽃들은 전혀 안 죽어"

이것저것 물어보고 싶은데
상대방이 다섯 살짜리 그대로라 곤란하다
이 배는 어디로 가? 라고 해도
맨날 뭐 해? 라고 해도
밤에는 별이 보여? 라고 해도
"몰라"라는 마음이 어렴풋이 전해질 뿐

뒤늦게 공연히 슬퍼지기 시작했다
몸부림치는 슬픔이 아니다
좋아하는 사람이나 물건과 헤어졌을 텐데
죽기 전까지 괴롭고 힘겨웠던 단단한 응어리가
지금은 차차 풀리고 있다
이게 끝인지 시작인지

향기 좋다 잊을 수 없는 향기가

직접 마음속에 들어온다

예전에 바이올리니스트를 하는 애인이 있었다

끝난 후에 눈앞에서 연주해 주었다 알몸으로

가늘게 구부러지는 바이올린 소리와 그녀의 향기가

뒤범벅이 되어 피부에 스며들었다

까닭도 모르게 그때

나에게는 몸만이 아니라 영혼도 있음을 느꼈다

돌연 스크루가 역전하는 소리와 함께 배가 멈추었다

어디선가 사람들이 우르르 들어왔다

다 먼지투성이의 야전복 차림이다

아직 수류탄을 손에 든 놈까지 있다

한 놈이 느닷없이 웃으면서 묻는다

우리 죽은 겁니까?

왠지 바람이 몸속을 부는 것처럼 시원해요

그러면서 동료들과 농담을 주고받는데

그 웃음소리를 어머니 자궁 속에서 들은 것 같다

짙은 안개가 소용돌이치고 배는 다시 덜거덕거리면서 움직

이기 시작했다

이상하게도 그 배가 눈 아래에 보이고
영화의 한 장면처럼 오버랩해서 얼굴이 되었다
창백하고 다박수염이 난 내 얼굴이다
거울로 눈에 익은 얼굴인데 아무래도 남 같다
보고 있는 나도 진짜 나인지 분명치 않다
웃어넘기려고 하면 얼굴이 굳어진다

내가 경험하는데도
남의 일 같은 이 느낌, 확실히 그전에도 있었다
고등학생 때 죽으려고 해서 교사 옥상에 서 있었다
한 걸음만 앞으로 나가면 나를 지워 버릴 수 있다
그러나 정말 지울 수 있을까?
내가 만화 주인공처럼 느껴져서 계단을 내렸다

술을 마시면서 그런 것을 토론한 적도 있었다
다 젊어서 죽음은 아직 농담 같았다
몸이 없어진 다음에 남는 '나'란 뭐냐?
미와(三輪)가 말하면 오쿠무라(奧村)가 의식이라고 대답하고

쇼지(庄司)가 뇌가 없어지면 의식도 없겠지라고 하고
데이(鄭)가 어쨌든 죽으면 알 거라고 했다

갑자기 무엇인가가 나를 배 갑판 위에서 빨아냈다
그러자 가슴이 죄어드는 것처럼 아파졌다
강렬한 빛에 눈이 아찔했다 병원의 하얀 침대 위다
“여보, 여보!” 또 마누라다
내버려 둬, 라고 하고 싶은데 목소리가 나오지 않는다
그래도 싸구려 향수 냄새는 무척 반갑다

내가 숨을 쉬고 있는 것을 알았다
조금 전까지 아프지도 괴롭지도 않았는데
염마대왕에게 시달리는 것처럼
온몸이 비명을 지른다
다시 몸속으로 돌아와 버렸나
기쁜지 괴로운지 모르겠다

멀리서 희미한 소리가 들려왔다
소리가 산맥 능선 따라 느릿하게 흐르고
누구한테서 온 소식처럼 여기까지 온다

심한 아픔 속에 음악이 물처럼 흘러온다
어릴 때 늘 들었던 것 같기도 하고
지금 처음 듣는 것 같기도 하다

아아 너무 미안했다
아무 맥락 없이 간절한 마음이 벼락처럼 생겼다
누구한테 무엇을 한 기억이 난 게 아니지만
무턱대고 사과하고 싶었다
사과하지 않으면 죽지 못함을 알았다
어떡하면 되는지 그 방법을 생각해야겠다

선율이 보이지 않는 실처럼 꿰매어 잇는 게
이승과 저승일까
여기가 어딘지 이제 모르겠다
어느덧 아픔이 가시고 외로움만이 남았다
여기서 어디로 걸어갈 수 있는지 없는지
음악에 의지하면서 걸어갈 수밖에

겨울밤

우리는 협동조합 방앗간 뒷방에 모여
묵 내기 화투를 치고
내일은 장날. 장꾼들은 왁자지껄
주막집 뜰에서 눈을 턴다.
들과 산은 온통 새하얗구나. 눈은
펑펑 쏟아지는데
쌀값 비료값 얘기가 나오고
선생이 된 면장 딸 얘기가 나오고.
서울로 식모살이 간 분이는
아기를 뱄다더라. 어떡할거나.
술에라도 취해볼거나. 술집 색시
싸구려 분 냄새라도 맡아볼거나.
우리의 슬픔을 아는 것은 우리뿐.
올해에는 닭이라도 쳐볼거나.
겨울밤은 길어 묵을 먹고.
술을 마시고 물세 시비를 하고

색시 젓갈 장단에 유행가를 부르고

이발소집 신랑을 다루러

보리밭을 질러가면 세상은 온통

하얗구나. 눈이여 쌓여

지붕을 덮어다오 우리를 파묻어다오.

오종대 뒤에 치마를 둘러쓰고

숨은 저 계집애들한테

연애편지라도 띄워볼거나. 우리의

괴로움을 아는 것은 우리뿐.

올해에는 돼지라도 먹여볼거나.

갈대

언제부턴가 갈대는 속으로
조용히 울고 있었다.
그런 어느 밤이었을 것이다. 갈대는
그의 온몸이 흔들리고 있는 것을 알았다.

바람도 달빛도 아닌 것.
갈대는 저를 흔드는 것이 제 조용한 울음인 것을
까맣게 몰랐다.
—산다는 것은 속으로 이렇게
조용히 울고 있는 것이란 것을
그는 몰랐다.

숨 막히는 열차 속

낯익은 사람들이 하나둘씩 내린다
어떤 사람은 일어나지 않겠다 버둥대다가
우악스런 손에 끌려 내려가고
어떤 사람은 웃음을 머금어
제법 여유가 만만하다
반쯤 몸을 밖으로 내놓고 있는 사람도 있다
바깥은 새카맣게 얼어붙은 어둠
열차는 그 속을 붕붕 떠서 달리고

나도 반쯤은 몸을 밖으로 내놓고 있는 것이 아닐까
땀내 비린내로 숨 막히는 열차 속
새 얼굴들과 낯을 익히며 시시덕거리지만
내가 내릴 정거장이 멀지 않음을 잊고서

떠도는 자의 노래

외진 별정우체국에 무엇인가를 놓고 온 것 같다
어느 삭막한 간이역에 누군가를 버리고 온 것 같다
그래서 나는 문득 일어나 기차를 타고 가서는
눈이 펑펑 쏟아지는 좁은 골목을 서성이고
쓰레기들이 지저분하게 널린 저잣거리도 기웃댄다
놓고 온 것을 찾겠다고

아니, 이미 이 세상에 오기 전 저 세상 끝에
무엇인가를 나는 놓고 왔는지도 모른다
쓸쓸한 나룻가에 누군가를 버리고 왔는지도 모른다
저 세상에 가서도 다시 이 세상에
버리고 간 것을 찾겠다고 헤매고 다닐는지도 모른다

낙타

낙타를 타고 가리라, 저승길은
별과 달과 해와
모래밖에 본 일이 없는 낙타를 타고.
세상사 물으면 짐짓, 아무것도 못 본 체
손 저어 대답하면서,
슬픔도 아픔도 까맣게 잊었다는 듯.
누군가 있어 다시 세상에 나가란다면
낙타가 되어 가겠다 대답하리라.
별과 달과 해와
모래만 보고 살다가,
돌아올 때는 세상에서 가장
어리석은 사람 하나 등에 업고 오겠노라고.
무슨 재미로 세상을 살았는지도 모르는
가장 가엾은 사람 하나 골라
길동무 되어서.

대담

對談

신경림, 다니카와 슌타로 시인
도쿄와 파주에서 만나 대화를 나누다.

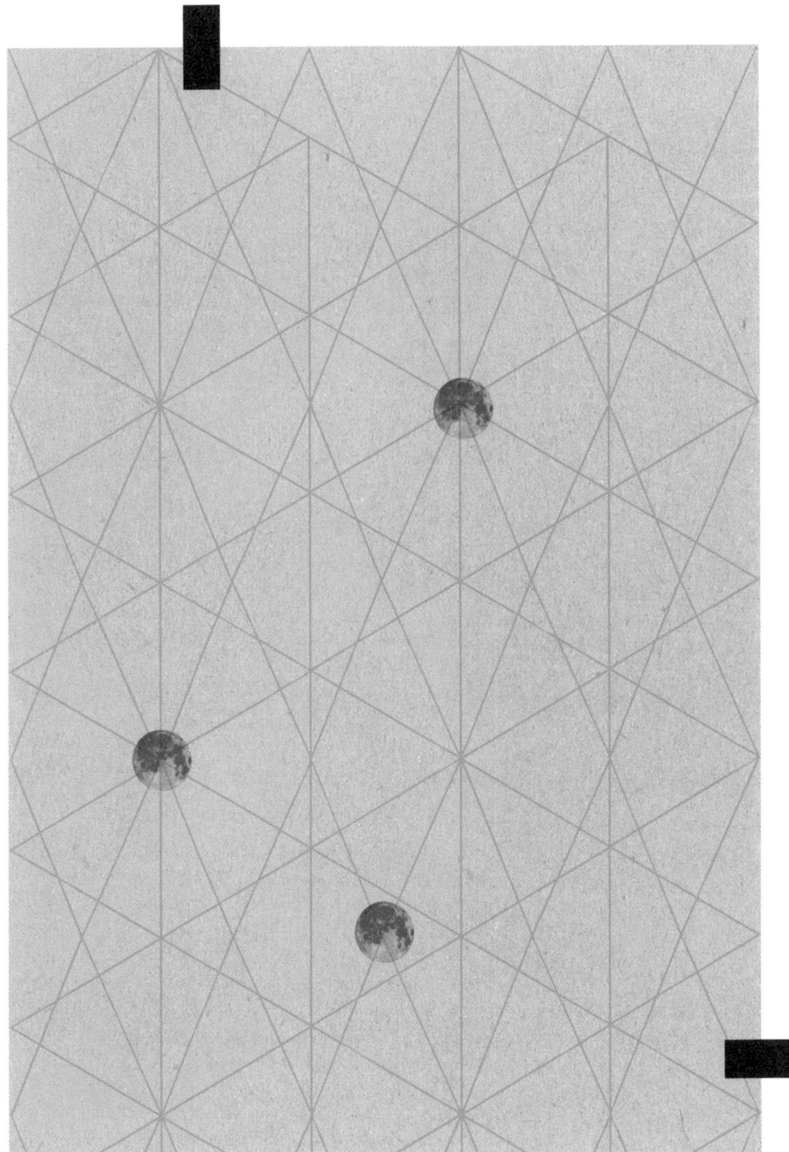

일시 : 2012년 6월 30일
장소 : 재일본 한국YMCA(도쿄)
대담 : 신경림, 다니카와 슌타로
사회 : 요시카와 나기

서로 닮았다고?

사회 먼저 서로 상대방의 작품을 읽은 감상부터 말씀해 주시겠습니까?

신경림 다니카와 선생 작품을 보고, 제 작품과는 다른, 폭넓은 시 세계에 감명을 받았습니다. 남녀노소 누구나 즐길 수 있는 작품인 것 같아요. 또 제 시와 비슷한 발상의 작품이 있는 것을 발견해서 기뻤습니다.

다니카와 일반적인 일본 현대시와는 많이 다른 느낌이 들지만, 저는 신 선생 작품에 친근한 느낌이 들었습니다. 저하고는 방향이 다른 부분도 있는데, 예술이 생활에 뿌리를 내리고 있다는 점에서 저와 비슷해요.

신 선생 작품에 친근한 느낌이 들었습니다.
예술이 생활에 뿌리를 내리고 있다는
점에서 저와 비슷해요.

그런데, 신 선생은 지금 혼자 사시지요? 그 점에서도 같아요.

신경림 저는 두 번 결혼했지만 첫 번째 아내는 병으로 죽고 두 번째 아내는 헤어져서 지금은 혼자 삽니다.

다니카와 저는 결혼에 세 번 다 실패했어요. (웃음) 다시 결혼할 생각은 없어요?

신경림 없습니다. 이제 나이가 많아서…….

다니카와 그 점에서도 같네요.

대지진이 일어난 순간

사회 작년(2011) 3월 11일 일본에서 대지진이 일어났을 때 무엇을 느끼셨는지요?

신경림 저는 작년 3월 6일부터 9일까지 일본 아오모리(青森) 현을 여행했었어요. 그때 바닷가 마을에 있는, 분위기 좋고 생선요리를 잘하는 이자카야에서 점심을 먹었습니다. 일행은 그 집이 너무 마음에 들어서 저녁까지 눌러 앉아 술을 마시기로 했는데, 외국 손님이 왔다고 동네 사람들도 보러 왔어요. 우리는 거기서 이야기를 나누면서 즐겁게 지냈어요. 다시 오겠다고 약속하고 명함을 받고 그곳을 떠났습니다. 그런데 이틀 후에 대지진이 일어난 거예요. 아오모리도 쓰나미가 덮쳤다고 하니까 걱정이 돼서 명함에 있던 번호에 전화를 걸어 봤지만 통화가 안 돼요. 나중에 들어보니까 거기는 큰 피해가 없었다고 하는데, 그때는 그 동네가 다 망한 줄 알고 큰 충격을 받았지요.

다니카와 저는 신주쿠(新宿) 게이오(京王)백화점에 있었습니다. 커피를 마시러 7층에 올라갔을 때 지진이 났어요. 하지만 일본은 원래 지진이 자주 일어나는 곳이라 큰 지진이 났다는 사실 자체에는 별로 놀라지 않았어요. 제가 얼마 전부터 어떤 호흡법을 배우고 있는데 그 연습 방법의 하나로 흔들흔들하는 판자 위에 올라서서 밸런스를 잡는 게 있어요. 그래서 그때도 바닥이 흔들리는 데에 맞추어서 기분 좋게 몸을 움직이면서 밸런스를 잡고 있었어요. 그러나 점원이 "손님, 뭐 하시는 거예요, 빨리 엎드리셔야지요!" 하고 야단 치기에 바닥에 엎드렸지요. 큰 지진이라고는 생각했지만 그때는 아직 원전 문제를 몰라서 그렇게 심각하게 느끼지 못했어요.

신경림 저는 지진 바로 직전에 일본에 있었다는 인연도 있어 시인으로서의 책임이나 의무 같은 것을 생각하게 되었습니다. 그래서 피해를 입은 사람들을 생각하면서 시도 썼고, 의연금도 냈어요.

다니카와 시집 『낙타』에 수록된 에세이 「나는 왜 시를 쓰는가」에 "등단 직후 시에 대한 회의를 느꼈다"고 쓰셨는데, 대지진 때도 회의를 느끼셨나요?

신경림 시인은 아무것도 못한다는 절망감이 있는 한편, 역시 시를 가지고 사람들을 위로해야 한다고 생각했습니다. 시에 대한 회의보다 신에 대한 회의를 느꼈어요.

다니카와 지진이나 쓰나미는 옛날부터 일본에 있었던 재해라 그다지 놀라지 않은데다 동경에 있으니까 비교적 냉정(冷靜)했던 것 같아요. 하지만 원전은 전혀 다른 문제지요. 저는 시를 쓰기 시작했을 당시부터 시나 언어에 대한 회의를 느끼고 있었습니다.

신경림 제가 씨를 쓰기 시작한 것은 한국전쟁 직후였는데 처음에는 서정시를 썼어요. 그런데 그때 한국의 현실은 아름다운 서정시를 쓸 만한 형편이 아니었습니다. 거지, 매춘부, 상이군인이 거리에 넘치는 황폐한 사회에서 문학이 사람들에게 도움이 될 수 있는지 회의를 느꼈지요. 시의 존재 의의를 믿을 수가 없어서 10년 가까이 시를 쓰지 못했어요.

다니카와 제가 시를 쓰기 시작한 것은 2차대전 후입니다. 전쟁 때 저는 아직 어렸지만 공습으로 불탄 자리에서 많은 시체를 봤어요. 그런 경험이 있어서 그런지, 시를 쓰기 시작했을 때도 언어의 불완전함을 항상 의식하고 있었어요. 내가 느낀 것의 10퍼센트도 말로 표현하지 못한다고. 저는 시가 사람들에게 도움이 된다고는 생각하지 않았어요. 그것보다 직업으로 시를 써서 돈을 벌면서 시를 통해서 사람들과 연결되고 싶었던 것 같아요. 직접적으로 도움이 되는 시를 쓰려고 하면 선동(煽動)처럼 되어 버리거나 시가 아닌 논리에 따라 시를 쓰게 되지요. 저는 그것보다 말의 아름다움에 중점을 두고 시를 써야 한다고 생각해요. 직접 도움이 되는 작품이 아니라 언어의 맛을 보여 주는 작품, 맛있는 음식 같은 작품을 독자에게 제공하고 싶었어요. 대지진 때도 저는 제 시가 도움이 될 것 같지가 않아서 지진을 주제로 시를 쓰려는 마음이 별로 없었어요. 매스컴은 지진의 감상을 듣고 싫어했지만 인터뷰는 받고 싶지 않았습니다. 그것보다 주로 의연금을 내는 것으로 협력했어요. 그런데 당시 신문에 매달 한 편씩 시를 연재했었으니 그 작품에는 지진의 영향이 확실히 보여요.

시인의 설 자리

사회 시인의 사회적 역할이 나라마다 많이 다른 것 같은데요?

신경림 일본과 한국은 독자가 시에게 기대하는 것이 달랐던 것 같아요. 한국에서는 국가나 민족을 생각하지 않는 시는 인정받지 못했습니다. 외국의 침략을 받고 국내에서는 지배계급의 착취를 당해 온 한국의 역사적 상황 때문에 그렇게 된 것 같아요.

다니카와 일본에서도 2차대전 후에는 이데올로기적인 시를 쓰는 사람이 많았어요. 좌익 시인들은 시로 사람들을 깨우쳐 주려고 했었지요. 하지만 그것은 일본 시의 전통과 어긋나는 것 같아요. 예부터 일본 시인들은 사회에 직접 참여하거나 정치적인 발언을 하는 것을 삼가해 왔습니다. 단카(短歌, 5·7·5·7·7의 5구 31음절으로 된 정형시), 하이쿠(俳句, 5·7·5의 3구 17음절로 된 정형시)도 마찬가지예요. 일본에도 한시(漢詩)의 전통이 있고 한시에서는 시인이 자신의 의견을 주장하기도 했지만 단카, 하이쿠는 기본적으로 풍경이나 정서를 노래하는 시였고, 연애 감정을 전하기 위해 단카를 짓던 시대도 있었습니다. 한국 사람들이 생각하는 시와는 확실히 격차가 있을 거예요.

신경림 한국에서도 예술적인 작품이 아니면 시로 인정받지 못합니다. 계몽적인 시가 유행한 적도 있었지만 그런 작품의 생명은 짧았어요. 독자는 사회적, 역사적 행동력을 바탕으로 하면서도 예술적인 완성도도 요구하는 것 같습니다.

다니카와 한국에서 시집이 많이 팔린 게 언제죠?

신경림 1970년대, 박정희 군사독재정권 시절에 가장 많이 팔렸습니다. 독재정권에서 해방되지 않는 한 인간다운 생활이 불가능하다고 모두가 생각했던 시대예요. 독자들이 시에서 숨통을 찾았던 것 같아요. 그때는 세계적으로 유례가 없을 정도로 시집이 많이 나갔어요. 저는 1980년에 감옥에 들어갔는데, 그때 세어 보니까 같은 감옥에 시인이 아홉 명이나 있었어요.

다니카와 검열이 있었어요?

신경림 너무 심했어요. 제 첫 시집 『농무』(창비, 1975)도 판을 거듭하면 다시 납품해서 검열을 받아야 하니까 다 '초판'으로 해서 그전에 찍은 것을 팔고 있다고 변명했었어요. 그래서 실제로는 몇 판 찍었는지 몰라요.

다니카와 2차대전 당시 프랑스 시인들은 검열의 눈을 속이기 위해 애매한 표현이나 비유를 썼고, 중국에서도 그랬던 것 같은데, 한국에서도 그런 기법이 발달됐나요?

신경림 네. 검열을 통과시키기 위해 비유나 상징적인 말을 쓰는 등 여러 가지 기법을 궁리했으니, 검열이 시의 수준을 올렸다고도 볼 수 있지

요. (웃음)

다니카와 지금은 어떻습니까?

신경림 검열은 전혀 없습니다. 그런데 민주화되고 검열이 없어지자 오히려 시집이 안 팔려요. 그래서 70년대가 그립다는 시인도 있어요. (웃음)

다니카와 지금 러시아가 바로 그런 상황이에요. 소련 때는 시 낭송회에 몇 만 명이 모여들었는데, 러시아가 된 후에는 시의 인기가 뚝 떨어졌다고 합니다.

신경림 한국에서도 70년대에는 시 낭송회에 몇 백 명, 많을 때는 천 명 이상 모였는데, 지금은 백 명도 안 와요.

사회 한국에서는 사람들이 시인은 지식인이라고 생각하고 사회적인 발언을 요구하는 것 같은데요.

신경림 시집은 안 팔려도 시인에 대한 존경심은 지금도 남아 있습니다. 정치가들도 자신이 시인의 지지를 받고 있음을 과시하려고 하지요. 예를 들어 2007년에 노무현 대통령이 남북정상회담으로 평양에 갔을 때는 저도 따라갔어요. 오로지 시인이라는 이유만으로 멤버로 선출된 거였어요.

다니카와 일본에서는 있을 수 없는 일이네요.

신경림 한국에서는 정치가를 욕할 때 "그 사람은 시 한 줄도 모른다"고 하는데, 이것은 대단한 욕이에요.

ラクダに乗って
04

사회 이명박 대통령(당시)도 "시를 모르는 대통령"이라고 하지 않습니까?

다니카와 일본에서 "노다(野田) 수상(당시)은 시를 모른다"고 해도 무슨 말인지 모를 거예요. 한국의 정치가들은 실제로 현대시를 읽을까요?

신경림 많은 정치가들이 시집을 읽습니다.

다니카와 일본에서는 단카, 하이쿠 등의 전통시의 힘이 세고 현대시는 몇 십 분의 일이에요. 정치가들이 세상을 하직할 때 남기는 사세구(辭世句)도 단카나 하이쿠로 씁니다.

신경림 한국에서는 선거 운동할 때 시집을 나누어주는 경우도 있어요.

다니카와 좋겠네요. 제 시집도 나누어 주었으면…… (웃음). 대통령 선거 때도 응원해 달라고 합니까?

신경림 선거를 응원하러 가는 시인들도 꽤 있어요.

다니카와 일본 시인이라면 그런 거 창피하다고 해서 거절할 거예요.

신경림 저도 거의 안 가요.

다니카와 일본에서는 시인이 별로 인정받지 못하니까, 저도 매스미디어에서는 대개 '시인'이라기보다 미디어에 노출된 '문화인'으로 대우받을 때가 많아요.

신경림 한국에서는 '문화인'보다 '시인'이 더 힘이 있어요.

다니카와 소설가보다 시인이 위인가요?

신경림 그렇지도 않습니다.

다니카와 일본에서는 시가 TV광고에 사용되기도 하는데 한국에서도 시가 상업적으로 사용되는 경우가 있습니까?

신경림 있습니다.

다니카와 일본에서는 현대시가 차차 희박해지면서 넓어지고 있다는 느낌이 듭니다. 사람들이 대중가요의 노랫말이나 연속 드라마 같은 것에 포에지를 느끼면서 시를 안 읽게 되는 게 아닐까 싶어요.

신경림 한국도 마찬가지예요.

다니카와 애니메이션은 인기 있나요?

신경림 시인이 애니메이션 제작에 관여할 때도 있고 TV광고에 시가 쓰이기도 합니다.

다니카와 그림이나 사진 등 다른 장르의 예술과 콜라보레이션도 해요?

신경림 많이 합니다.

다니카와 일본 시인보다 한국 시인들이 돈이 많은 게 아닌가요?

신경림 시인한테 주는 문학상이 많고 금액도 큽니다. 5천만 원쯤 주는 문학상은 많이 있고 2억 원짜리 문학상을 받은 적도 있어요. 일본 시인들은 어떤 직업을 가지고 있습니까?

다니카와 대학교수도 많지만 민예품 가게를 경영하는 친구도 있어요. 고등학교 교사도 있고, 다양해요. 그런데 신 선생, 식사는 어떻게 하세요?

신경림 사 먹기도 하고, 직접 만들기도 합니다. 요리를 한다기보다 그냥 음식을 만드는 정도죠.

다니카와 등산을 좋아하시나 봐요?

신경림 ——— 산을 좋아합니다. 내년쯤 또 히말라야에 가려고요. 3년 전에 안나푸르나에 갔다 왔어요.

사회 ——— 나이 드신 시인이나 소설가 선생님들이 열두 명으로 히말라야에 가셨는데 짐꾼이 스무 명이나 따라갔대요.

다니카와 ——— 역시 한국 시인들이 부자네요.

시를 낭송하다

겨울밤

우리는 협동조합 방앗간 뒷방에 모여
묵 내기 화투를 치고
내일은 장날. 장꾼들은 왁자지껄
⋮

(p.50 참조)

다니카와 ——— 여기에 묘사되어 있는 상황은 현실이라고 생각하면 돼요?

신경림 ——— 당시의 현실입니다.

떠도는 자의 노래

외진 별정우체국에 무엇인가를 놓고 온 것 같다
어느 삭막한 간이역에 누군가를 버리고 온 것 같다
그래서 나는 문득 일어나 기차를 타고 가서는
눈이 펑펑 쏟아지는 좁은 골목을 서성이고
⋮

(p.54 참조)

다니카와 이 시를 보고 저는 제가 젊었을 때 쓴 시 「슬픔」(p.38 참조)을 연상했습니다.

신경림 저도 「슬픔」을 읽고 비슷한 발상을 하는 데에 놀랐습니다. 또 이웃나라 시인의 작품 속에 제 작품과 공통되는 요소를 발견해서 무척 반가웠습니다.

낙타

낙타를 타고 가리라, 저승길은
별과 달과 해와
모래밖에 본 일이 없는 낙타를 타고.
⋮

(p.55 참조)

다니카와 이거 참 좋은 시입니다. 너무 좋아요. 그런데 혹시 미국 서부에 있는 황야에 가보셨어요?

신경림 아뇨, 못 가봤어요.

다니카와 저는 이것을 보고 왠지 미국의 황지가 생각났어요.

20억 광년의 고독

인류는 작은 공 위에서
자고 일어나고 또 일도 하면서
간혹 가다 화성에 친구를 갖고 싶어한다
⋮

(p.36 참조)

신경림 이 시는 경쾌하면서도 근원적인 곳에서 울어 나오는 페이소스가 느껴져요.

다니카와 저는 형제 없이 독자로 자랐기 때문에 인간관계 속에서 나를 발견하는 것보다 내가 놓인 공간 속에서 좌표를 정하려고 하는 경향이 있었습니다. 인간관계 속에서 느껴지는 희로애락과는 다른 슬픔이나 외로움을, 젊었을 때 느꼈던 것 같아요.

신경림 그러네요. 인간관계를 초월한, 더 근원적인 곳에 있는 페이소스를 느꼈습니다.

슬픔

저 파란 하늘 속 물결소리 들리는 곳에
뭔가 엄청난 물건을
내가 빠뜨리고 온 것 같다
⋮
(p.38 참조)

신경림 시인들은 느끼는 게 비슷하다고 생각했어요.

책

솔직히 말해서
책은 흰 종이로 있는 게 좋았다
더 솔직히 말하면
푸른 잎이 우거진 나무로 있고 싶었다
⋮
(p.39 참조)

신경림 이것은 제가 좋아하는 작품이에요.

다니카와 「책」은 다 히라가나로 썼는데, 신 선생은 한자를 쓰세요?

신경림 그전에는 한글 뒤에 괄호를 쳐서 한자를 넣기도 했었습니다.

요즘 한자를 잘 안 쓰는 것은 한자가 들어가면 책이 안 팔린다고 해서 출판사가 싫어하기 때문이에요. 이름만이라도 한자로 쓰고 싶은데, 한자가 들어가면 독자들이 못 읽는다고 해서 출판사가 반대합니다.

다니카와 정부가 한자를 쓰지 말라고 하는 것인가 하고 생각했었는데, 그게 아니라, 출판사 의향이네요. 신 선생은 최근에 동시를 쓰기 시작하셨다면서요?

신경림 오래전부터 썼는데 발표할 기회가 없었어요. 요즘은 많이 쓰고 있습니다.

다니카와 저는 시를 쓰기 시작한 열여덟, 열아홉 살 때부터 어린아이를 위한 시도 썼는데, 그것은 주로 경제적인 이유 때문입니다. 일본에서는 아동문학이 잘 팔리니까요.

신경림 「책」은 쉬운 것 같으면서도 내용이 아주 깊어요. 환경운동을 하는 사람들이 보면 자신들이 하고 싶은 말이라고 해서 좋아할지도 모르겠어요.

다니카와 저는 종이를 많이 쓰는 것에 대해 어딘가 죄악감이 있어요.

자기소개

저는 키 작은 대머리 노인입니다
벌써 반세기 이상
명사 동사 조사 형용사 물음표 등

말들에 시달리면서 살았기 때문에 가만히 있는 것을 좋아하는 편입니다

⋮

(p.40 참조)

신경림 이 시를 읽고 나하고 비슷하다고 생각했습니다만, 다행히 저는 대머리가 아닙니다. (웃음)

다니카와 억울합니다. (웃음)

신경림 너무 재미있게 봤어요.

다니카와 신 선생 댁도 우편물이 많이 오지요?

신경림 저는 아파트에 사는데 우편함에 우편물이 다 못 들어가서 집배원을 고생시키고 있습니다.

다니카와 저는 우편물이 너무 많아서 방에 바로 연결되는 큰 우편함을 만들었는데, 어느 날 거기에 초등학생이 도둑질하러 들어왔어요.

신경림 다니카와 선생은 아들 딸 한 명씩 있다고 하시는데, 저는 아들 두 명, 딸 한 명, 손자손녀 한 명씩 있습니다. 개나 고양이는 없어요.

다니카와 그 점에서도 같네요.

사회 마지막으로 한 마디씩 부탁드리겠습니다.

신경림 다니카와 선생이 낭송하시는 것을 듣고 일본어도 참 아름답다고 느꼈습니다. 모처럼 이렇게 만났으니 저도 이제부터 일본어를 더 공부해서 일본어로 시를 낭송할 수 있도록 하고 싶네요. 다니카와 선생은 처음 뵈었는데, 순진무구하고 어린아이처럼 깨끗한 시인이라는 인상을 받았습니다.

다니카와 외국에서 행사에 참가해도 개인적으로 이야기할 기회가 별로 없는데, 시인은 이런 식으로 일대일로 이야기를 나누는 게 가장 좋은 것 같아요.

신경림 저도 외국 시인과의 대담은 이번이 처음이었습니다.

다니카와 시간이 짧아서 좀 아쉽지만, 역시 직접 목소리를 듣는 것은, 책만 보는 것과 느낌이 전혀 다르네요. 오늘은 좋은 경험을 했습니다. 서로 몸 조심합시다. 높은 산에서 떨어지지 마세요.

신경림 조심하겠습니다.

일시 : 2013년 9월 29일
장소 : 파주출판도시 지지향호텔 1층
대담 : 신경림, 다니카와 슌타로
사회 : 박숙경(아동문학평론가)

두 번째 만남

사회 ——— 두 분은 그 전에 신경림 선생님의 번역시선집 『낙타를 타고(ラクダに乗って)』(도쿄 : 쿠온, 2012) 출판 기념으로 도쿄에서 대담을 하셨는데, 이렇게 한국에서 다시 만나신 소감을 여쭤 보고 싶습니다.

신경림 ——— 작년에 다니카와 선생과 이야기한 게 상당히 재미있고 즐거웠어요. 언어는 다르지만 서로 생각하는 게 비슷한 것 같아서요. 그래서 오늘도 즐거운 마음으로 이 자리에 나왔습니다.

다니카와 ——— 『낙타를 타고』가 너무 좋았어요. 번역이 좋아요. 제가 신 선생보다 몇 살 위인데, 신 선생은 등산을 자주 가서 그런지 많이 젊은 것 같아요.

신경림 다니카와 선생도 여전히 젊습니다.

다니카와 저는, 작년에 친한 친구가 두 명 잇따라 죽어서 충격을 받았어요. 그래서 오늘은 늙음에 대해서도 좀 이야기했으면 좋겠는데요.

신경림 저도 주변에서 친한 사람들이 죽어서 충격을 받았습니다. 여러 가지로 생각하는 게 많으니 그런 이야기를 하고 싶네요.

늙는다는 것

사회 다니카와 선생님께서는 양로원의 노래를 만드셨다고 들었는데요.

다니카와 두세 개 작사한 적이 있는데요. 처음 썼을 때는 쉰 살쯤이었으니 아직 제가 노인이 아니었거든요. 노인의 마음도 잘 모르고 양로원에서 어떤 식으로 노래를 부르는지도 몰라서 불경을 흉내 내서 노랫말을 썼어요.

신경림 노인이 아니었기 때문에 오히려 노인의 노래를 더 잘 만들었을 거예요.

다니카와 아니, 별로 잘 쓰지는 못했어요.

신경림 저는 진짜 노인이 되고 나니까 노인에 대해서 쓰고 싶지가 않아요.

다니카와 저는 노인을 좋아해요. 늙음을 주제로 쓰는 것도 좋아요.

어린아이의 마음

사회 이번에 다니카와 선생님 동화책 두 권(『와하 와하하의 모험』 『여기서 어딘 가로』 소년한길, 2013)이 한국에서 나왔는데, 어린이와 노인은, 사실은 가까운 존재가 아닐까요?

신경림 나이가 드니 오히려 어린이의 마음을 잘 알 것 같고, 또 알고 싶어서 동시를 쓰고 있습니다.

사회 다니카와 선생님은 일찍부터 어린이를 위한 시나 노래를 많이 써오셨는데, 그렇게 되신 이유가 뭘까요?

다니카와 돈 때문이죠. (웃음) 어린이 책 시장이 크거든요. 그래서 어린이를 위한 시나 이야기를 써서 원고료를 벌게 되었어요.

사회 하지만 성질에 맞지 않으면 그렇게 오래 쓰시지 못할 거고 독자한테 사랑 받기도 어려울 것 같은데요. 선생님 안에 있는 어린이가 금방 나오나요?

ⓒ정유민

일본에 "두 번째 아이(二度童[にどわらし])"라는 말이 있는데,
사람은 나이 들면 다시 어린애가 된다는 뜻이에요.

다니카와 사람의 나이를, 저는 나무 나이테의 이미지로 파악하고 있어요. 나무는 중심에 첫 번째 나이테가 있고 해마다 나이테가 밖으로 늘어가잖아요. 가장 바깥이 현재의 나이인데, 늙은 나의 중심에는 아이인 내가 있고, 태어난 순간의 나도 있어요. 억압하지 않으면 그 아이가 튀어 나올 거라고 생각하는 거예요. 일본에 "두 번째 아이(二度童[にどわらし])"라는 말이 있는데, 사람은 나이 들면 다시 어린애가 된다는 뜻이에요. 한국에도 비슷한 속담이 있나요?

신경림 한국에서도 "늙으면 애가 된다"는 속담이 있어요. 늙으면 어릴 때의 나쁜 버릇이 살아나기도 하고 또 애처럼 단순해지기도 하고. 저도 나이를 먹어서 오히려 애가 되는 것 같고, 아이 때 생각도 많이 나고, 애 같은 마음으로 글을 싶은 생각도 들어요.

사회 일본에서도 환갑잔치 때 어린이처럼 옷을 입고 춤을 춰요?

다니카와 춤을 춘다는 이야기는 못 들었어요. 빨간 옷을 입는 풍습은 있어요.

신경림 한국에서는 환갑잔치 할 때 색동저고리를 입고 춤을 추어서 아이로 돌아갔음을 표현했어요. 지금은 90세가 환갑이라고 하지만.

다니카와 나이 들면 어린애의 마음이 돼서 글 쓰는 게 오히려 편해요. 어른들이 갖고 있는 복잡한 논리나 관념 같은 게 귀찮아져요. 삶의 기본으로 돌아가면 어린아이에 가까워지는 것 같아요.

사회 다니카와 선생님이 쓰신 〈우주소년 아톰〉 주제가는 한국에서도 잘 알려져 있습니다.

다니카와 아톰의 특징을 연구해서 노랫말을 지었어요. 원래 곡이 먼저 되어 있어서 거기에다가 말을 맞추어가면서 노랫말을 만들었는데, 못 맞추는 부분을 "라라라"로 한 거예요.

신경림 곡보다 노랫말이 더 좋은 것 같아요.

다니카와 아톰은 데즈카 오사무(만화가) 씨 작품이니 노래도 제 오리지널이라는 느낌이 안 들어요. 다만, 저는 노래 부르는 것은 좋아해요. 아들(다니카와 겐사쿠)이 피아니스트라, 가끔 이런 자리에서 같이 노래를 부르기도 하는데요. 이 아톰 노래를 사랑의 발라드처럼 천천히 부르면 무척 멋있는 노래가 돼요. 노랫말이 좋다고 해주셨지만 곡도 좋아요. 그런데, 한국의 어린이들은 시를 읽나요?

신경림 아이들이 시를 읽는다기보다는 시를 좋아하는 엄마가 사다 주고 억지로 읽히는 것 같아요.

사회 학교에서도 신 선생님 시를 가르치지요?

신경림 내 손녀딸이 초등학교 3학년인데 엄마가 동시집을 많이 사 놓아도 전혀 읽지 않아요. 할아버지 시도 몰라. (웃음)

사회 선생님 시를 보면 손녀딸에 대한 짝사랑이 많이 들어 있네요. 손녀딸 걱정을 하고, 손녀딸이 화자가 되기도 하고.

신경림 앞으로 저작권을 주장할까 봐 걱정이에요.(웃음)

다니카와 손녀딸이 몇 살이죠?

신경림 열한 살쯤 됐을까요.

다니카와 우리 손녀딸은 며칠 전에 결혼해 버렸어요.

신경림 축하합니다.

다니카와 그래서 저는 머지않아 증조할아버지가 될 위기에 놓여 있습니다. (웃음) 그런데 신 선생 시는 교과서에 실렸으니 아이들이 많이 읽겠는데요?

신경림 외손자와 이야기해 보면 교과서에 시가 실리면 애들이 그 시인의 시는 잘 안 보게 된다고 해요. 당연히 재미없을 거라고 생각해서……. (웃음) 그래서 할아버지 시는 교과서에 실렸으니 손해라고 해요. 사실인지 확인은 못했지만.

다니카와 우리 자식들도 어른이 될 때까지 아버지 시는 읽지 않았어요. 아들은 음악가가 되고 싶다고 해서 고등학교도 잘 안 다니고 피아노를 치면서 작곡을 했었어요. 그러다가 노래를 만들어 달라는 요청이 있었대요. 가까운 곳에 제 시가 있어서 그것을 가지고 노래를 하나 만들었는데, 그게 제가 아들하고 같이 노래를 만들게 된 계기입니다. 너무 어릴 때는 아버지나 할아버지의 시는 읽지 않는 게 아닐까요? 시적인 소질을 이어받은 애라면 나중에 커서 시를 읽게 될 거예요.

신경림 ——— 자식이나 손자가 제 시를 읽는 것은 못 봤는데, 피붙이가 쓴 시는 묘한 느낌이 드나 봐요. 외손자가 (학교에서) 제일 좋아하는 시인으로 제 이름을 썼다고 해요. 그런데 진짜 좋아해서가 아니라 점수를 따려고 해서 쓴 거래요.(웃음)

사회 ——— 시 창작 전체와 동심은 어떤 관계가 되나요?

다니카와 ——— 시인은 50살이 되어도 다섯 살 어린애 마음으로 생각할 수도 있고 60살이 될 수도 있다고 생각합니다. 작품 안에서 얼마든지 변신할 수 있어요.

사회 ——— 언어적인 측면에서는요?

다니카와 ——— 일본어의 경우 어려운 한자나 추상적인 한자어는 쓰지 않고 되도록 고유어를 많이 씁니다.

신경림 ——— 우리나라에서는 지금은 한자를 거의 쓰지 않지만 한자어를 전적으로 추방하는 것은 불가능한 것 같아요. 북한에서는 한자어를 다 순우리말로 바꿔 쓰자는 주의였지만 한자어를 모두 억지로 우리말로 할 수는 없지요. 한자를 한글로 바꿔도 한자어는 여전히 쓰고 있어요. 그게 한계인 것 같아요.

사회 동시를 창작하실 때 전래 동요의 영향이 있으시는지요?

다니카와 저는 영향을 많이 받았습니다. 어릴 때 와라베우타*를 부르면서 놀았던 세대니까요. 그런데 요즘 젊은 세대는 전혀 와라베우타를 부르지 않지요. 제가 1970년대에 영어권의 전래 동요 〈마더 구스*〉를 번역했더니 100만 부 나갔어요. 일본의 전래 동요는 인기가 없는데 왜 영어권의 전래 동요가 팔리는지 신기했어요. 그래서 새로운 와라베우타가 필요하다고 생각해서 창작하게 됐습니다. 창작한 와라베우타는 애들이 전혀 불러주지 않았습니다. 하지만 아톰 노래가 새로운 와라베우타가 되었다고 볼 수 있지요.

포엠과 포에지

사회 요즘 아이들의 놀이나 생활, 그리고 시와 노래에 대해서 어떻게 생각하십니까?

다니카와 내가 보기에는 일본에서는 시가 다른 장르로 확산된 것 같아요. 일본어의 '시'라는 말에는 '포엠(시 작품)', '포에지(시정)' 두 가지 뜻이 있어요. 그 중 포엠은 쇠퇴해가지만 현대 사람들은 더욱 더 포에지를 갈망하고 있는 게 아닐까, 그런 생각이 들어요. 지금 일본은 '쿨 재팬'이라는 프로젝

트를 추진하면서 게임이나 만화, 패션 등을 해외에 홍보하려고 하고 있는데, 그런 것들 중에도 포에지가 들어 있어서 포엠은 오히려 성립하기 힘든 것 같아요.

신경림 작년에 일본에 갔을 때 주택가에 있는 숙소에서 잤는데, 매일 아침 산책하면서 느낀 게 있어요. 일본은 시집은 안 팔리지만 시의 정신이 사람들의 삶에 속속들이 스며들어 있고 사람들이 시적으로 사는 것 같았어요. 보통 민가에서도 꽃을 심고 집마다 개성 있고 멋있게 정리되어 있었거든요. 그래서 지금 일본을 지탱하고 있는 것은 아름다움을 추구하고 진실한 것을 추구하는 포에지가 아닌가 하고 생각했어요.

다니카와 현대는 기본적으로 디지털화 시대입니다. 디지털과 대치되는 게 아날로그이며, 아날로그를 극단적으로 추구한 게 시라고 할 수 있는데, 디지털화 시대의 사람들은 자기도 모르게 시를 찾고 있는 것 같아요. 애들은 컴퓨터 게임으로 놀면서도 마음속으로 아날로그적인 것을 그리워하고 있는 게 아닐까요? 그 그리움이 자연과의 접촉이나 우정을 찾는 마음이 되기도 하겠지요. 포엠의 형태는 아니라도, 사람들이 앞으로도 계속 포에지를 찾을 거예요.

신경림 시가 전 세계적으로 퇴조하고 있는 것은 사실이지만, 시는 아날로그의 최후의 보루라 절대로 없어지지 않아요. 일본의 애니메이션이 세계적으로 인기가 있는 것도 그 속에 포에지가 있기 때문이지요.

* 와라베우타 : 童唄, 전래동요
* 마더 구스 : 다니카와 슌타로 번역의 『마더 구스의 노래』(전5권, 1975-76, 동경: 草思社)는 큰 반향을 불러일으키고 이것을 계기로 일본에 마더 구스 붐이 일어났다.

디지털화 시대의 사람들은
자기도 모르게 시를 찾고 있는 것 같아요.
애들은 컴퓨터 게임으로 놀면서도
마음속으로 아날로그적인 것을 그리워하고 있는 게 아닐까요?

질의응답

질문 1 책을 읽으면 다른 사람이 내 생각과 비슷한 것을 이미 써 놓은 것을 발견해서 김이 빠질 때가 있는데요.

다니카와 대부분의 생각들은 이미 다른 사람이 써버렸지요. 새로운 것을 만들어내려고 하지 않으셔도 될 것 같아요. 저는 세계 전체를, 다양성 속에서의 '스미와케(棲み分け)'*로 보고 싶어요. 누가 높은 사람이고 누구는 안 되고, 이것이 위이고 아래이고, 그런 사고방식을 버리고, 많은 사람들 속에서 나만 전혀 다른 오리지널리티를 가져야 한다고는 생각하지 말고. 동물들은 자연계에서 현명하게 '스미와케'를 하면서 식물연쇄 속에서 자신들의 삶을 잘 지키고 있잖아요? 인간도 그런 식으로 살 수 있으면 좋겠어요. 다른 사람한테 앞지르기를 당했을 때도, 그냥 내가 거기에다 새로운 것을 추가하면 된다고 생각하세요.

신경림 저도 그런 경험 많이 했어요. 그럴 때는 절망하는 수밖에 길이 없지요. 해결책은 되지 않겠지만 나의 경우, 젊을 때 한 3,4년은 시를 읽지 않으려고 했었어요. 특히 동시대의 작품은 안 봤어요. 요즘은 그런 것에 별로 신경 쓰지 않아요.

* 스미와케(棲み分け) : 생물이론의 하나. 생활양식이 비슷한 동물의 개체 또는 개체군이 경쟁을 피하기 위해 서로 다른 영역에 분포해서 산다는 이론. 생태학자 이마니시 긴지(今西錦司, 1902~1992)가 제창했다.

질문 2 우리 아들이 시인이 되고 싶어해요. (웃음, 박수) 시가 안 팔리는 시대이니 역시 부모로서는 걱정이 돼요.

다니카와 자주 듣는 질문입니다. 하지 말라고 하는 게 간단하지만 그렇게 하면 아이의 꿈을 부수어 버리겠지요. 시 이외의 직업으로 먹고 살 수 있게 된 다음에 시를 써도 늦지는 않을 거예요. (웃음) 그리고 시를 쓰는 데에는 여러 가지 경험이 도움이 돼요. 이것저것 직업을 바꾸면서 작가가 된 사람도 많아요. 어떤 경험도 절대로 헛수고가 되지 않으니 어느 정도 돈을 벌면서 시를 쓰는 게 좋다고 생각합니다. (웃음, 박수)

신경림 저도 이런 질문 받을 때마다 고민을 해요. 제가 시인으로 살아가겠다고 했을 때 아버지가 기절할 뻔했어요. 평생 저하고 사이가 나빴습니다. 시로 먹고 사는 것은 어려우니 외국어를 익혀서 통역을 하든가 아니면 다른 기술을 익혀야지요. 시로 먹고 살 수 없다는 것은 세상이 다 아는 사실이니까. (웃음) 또, 시 정신을 가진 사람이 다른 분야에서 성공한 예도 참 많습니다. 방송국의 유명 PD 같은 사람들 중에도 원래 시인 지망생이었던 사람들이 많아요.

질문 3 어떤 곳에서 영감을 얻고 시를 쓰시는지 여쭤보고 싶어요.

신경림 저는 영감을 얻기보다는, 그냥 평범하게 살아가면서 생활 속에서 시의 소재를 찾고 있어요.

다니카와 저의 경우, 지식이나 정보가 아니라 의식 밑에 있는 무의식 혹은 잠재의식에서 뜻도 모르는 몽롱한 말이 떠오르는 게 시의 시작이에요. 떠오른 말을 컴퓨터 화면에서 보면 그때부터 제삼자적인 의식이 작용하기 시작합니다. 그 후에 몇 번 퇴고하는데 그럴 때는 의식도 총동원하지요. 그러나 맨 처음은 나도 모르는 곳에서 모르는 단어가 튀어 나오는 게 가장 좋은 시 쓰기인 것 같아요.

질문 4 어떤 순간에 자신이 시인이라고 느끼시는지요?

신경림 내 시가 활자화되었을 때 "아, 내가 시인이구나" 하고 느꼈던 것 같아요. 혼자 시를 쓰고 아무도 안 읽어 줄 때는 내가 시인이라는 생각은 못했습니다. 역시 누가 읽어줄 때 시인이라는 생각이 드는 것 같아요.

다니카와 저도 마찬가지예요. 그런데 좀 다른 이야기를 하면, 좋아하던 여자가 "너는 인간이 아니야(人でなし)"라고 했을 때 저는 "아, 나는 시인이구나" 하는 생각이 들었어요. (웃음) 시인은 인간의 생활에 뿌리를 내려서 살아야 하는 반면, 어딘가 반인간적이고 냉혹한 부분도 필요한 것 같아요. 제 결혼생활에서 시가 큰 장애물이 되었던 적이 있거든요.

신경림 저도 시가 결혼생활의 장애가 된 경험을 가지고 있습니다.(웃음)

질문 5 인생의 선배로서 후배들에게 남기고 싶은 단어 하나만 고르신다면……?

다니카와 사. 랑. '사랑'.

신경림 저는 '꿈'.

사회자 마지막으로 하실 말씀은?

다니카와 신 선생과 저는 태어나고 자란 환경은 많이 다르지만, 저는 신 선생 작품이 구체적인 리얼리티를 가지고 있는 점이 무척 좋습니다. 그런 게 일본 현대시에는 별로 없어요.

신경림 다니카와 선생의 시에는 어린아이처럼 순진무구한 마음이 배어 있어요. 그것이 삶의 무한한 상상력을 자극하고 있는 것이 아닌가 하는 생각이 듭니다. 옛날에는 좋은 시는 젊어서 쓴다고 했잖아요. 그게 누구 때문에 생긴 말인지 아세요? 워즈워스 때문에 생긴 말이래요. 워즈워스를 연구한 사람이, 워즈워스는 39세까지 좋은 시를 썼는데 그 후의 작품이 안 좋다, 39세로 죽어버렸으면 좋았을 텐데, 하고 쓴 거예요. 그래서 시인은 젊어서 좋은 시를 쓴다는 이야기가 나왔다고 해요. 그런데 이것은 서양적인 생각이에요. 두보 같은 사람은 60세 지나도 엄청나게 좋은 시를 썼거든요. 요즘은 늙어서도 좋은 시를 쓰는 사람이 많습니다. 그래서 여러분도 늙은 시인을 응원해 주시기 바랍니다.

다니카와 난 나이 들수록 더 잘 쓰는 것 같은데. 젊어서부터 좋은 시를 쓰고 있다고 생각하는데요. (웃음, 박수)

에세이

essay

신경림, 다니카와 슌타로 시인의
유년을 떠올리는 에세이.

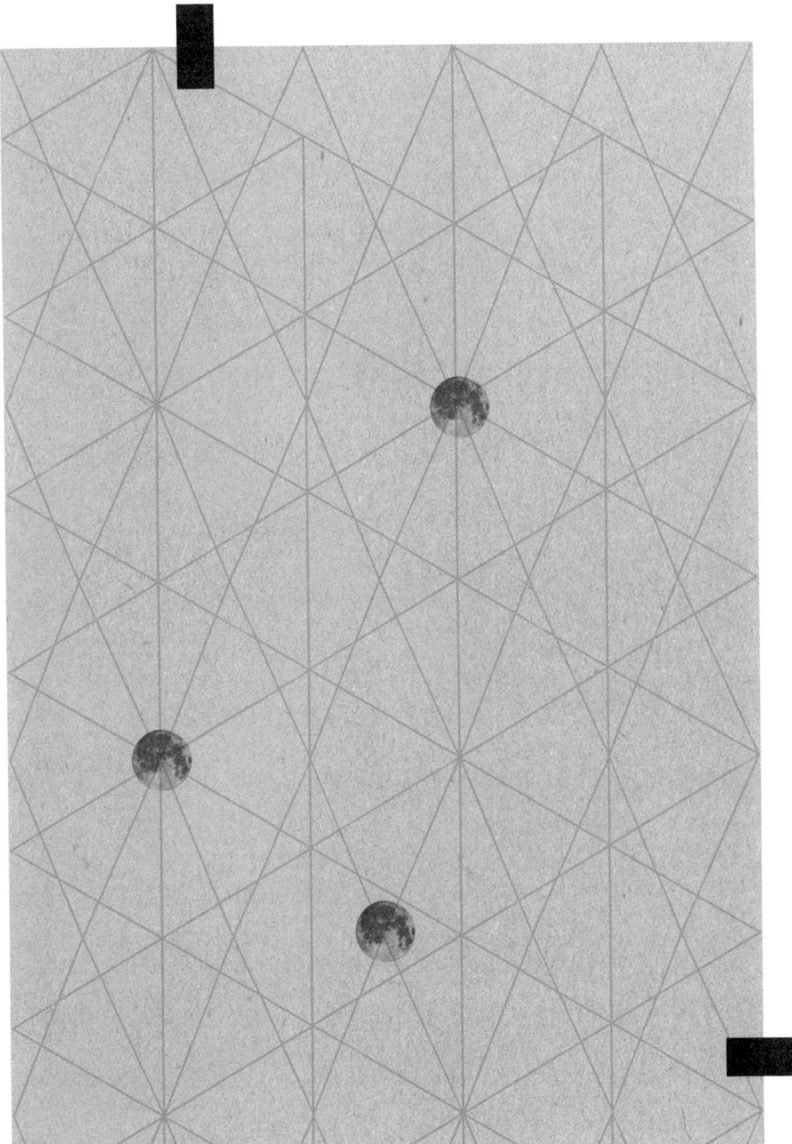

신경림

『못난 놈들은 서로 얼굴만 봐도 흥겹다』에서

입에는 분필이 가득했다

1

초등학교에 대한 나의 가장 오래된 기억은, 일곱 살 때 고모를 앞세우고 학교를 찾아갔던 일이다. 이웃에 두 살 위인 동무가 있었는데 그가 학교 다니는 것을 보고 나도 학교에 보내 달라고 떼를 썼던 것이다. 고모는 나를 1학년 담임한테 데리고 갔지만, 키가 작다는 이유로 입학을 거절당했다. 다음 해 입학해서 전에 고모가 나를 데리고 가서 만난 그 선생이 담임하는 마츠쿠미(松組)에 들어가게 되었다. 그해 처음으로 1학년을 두 학급 모집했는데, 제 나이에 입학한 학생들은 '마츠쿠미'가 되고, 나이를 넘겨 입학한 학생들은 '타케쿠미(竹組)'로 편성되었다.

나는 키가 작아 맨 앞자리에 앉게 되었는데, 선생님은 시간마다 나를 지목해서 묻는 것에 대답하게 했다. 선생님의 칭찬은 마를 날이 없었고, 나는 이내 공부 잘하는 아이로 소문이 났지만, 알고 보면 선생님 편애 때문이었다. 그 무렵 담임은 고모와 혼담이 있었다. 그 혼담이 어째서 깨어졌는지는 알 수 없으나, 담임은 수업이 끝난 뒤에 슬쩍 나를 불러 고모의 근황을 묻고는 했다.

어쩌면 내가 연말 학예회 때 1학년이 하는 연극에서 주인공이 될 수 있었던 것도 고모 덕인지도 모른다. 쥐 병정들이 먹을 것을 가지고 이동을 하는데 모두 실패, 오직 막내인 주인공만이 머리에 이고 간 탓에 성공한다는 내용인데, 내가 막내로 뽑힌 것이다. 그러나 연습 때는 곧잘 해내던 것을 그날 막상 무대에서는 당황해서 소품을 머리에 이는 대신 손에 들고 무대를 가로지르는 바람에 학부모 자리를 온통 웃음바다로 만들었다. '타케쿠미' 담임은 일본인 여선생이었다. 남편은 금광기사였는데, 그녀가 교사가 되고 얼마 뒤에 일선으로 징집돼 나갔다. 학교에서는 우리말 사용이 엄격히 금지되어 있을 때였다. 그런데도 학교로 찾아오는 학부모가 있으면 90도로 허리를 꺾고 '안녕하시므니까!' 하고 우리말로 인사를 하는 키가 작은 여자였다. 한번은 나를 비롯한 우리 반 아이들 몇몇이 우리말을 쓰다가 교장한테 걸려 입에 분필을 잔뜩 물고 복도에 앉아 벌을 선 일이 있다. 그 여선생이 지나가다 기겁을 했다. '아니, 목으로 넘어가면 어쩌려고!' 아마 그녀가 일본인이 아니었다면 우리는 어떤 벌을 더 받았을런지도 모른다.

'타케쿠미'반 급장 아이를 따라서 금광 사무실이 있는 윗동네까지 가서, 그녀가 사는 빨간 양철지붕의 2층 사택을 멀리서 구경하다가, 그녀의 눈에 띄어 끌려 들어가 방석을 깔고 앉아 일본 과자와 차를 얻어먹은 일도 있었다. 나보다도 네 살이나 위인 '타케쿠미' 급장은, 바지 주머니에 어디서 구했는지 모르는 '에히라미치(江原道)'라는 여선생의 사진을 가지고 다녔다.

그녀는 우리가 2학년으로 진급하던 봄에 일본으로 돌아갔다. 그날 전교생이 개울가까지 배웅을 나갔고, 급장 아이는 트렁크를 들고 고개를 넘어 이십 리 버스 타는 곳까지 따라갔었다. 내가 그녀의 이름을 지금도 잊지 않고 있는 것은, 급장 아이가 우리 집에 온 한 편지에 '江原道'라고 주소가 적혀 있는 것을 보고 '우리 선생님 이름인데……' 하고 울먹이던 일을 아직도 기억하고 있기 때문이다.

초등학교 때의 기억으로 또 오래된 것은, 동무들에 관한 것들이다. 우리 집에서 논과 밭 여남은 두락을 건너 있는 학교에는 장 골목과 곧장 통하는 옆문이 있었다. 그 옆문으로 나가면 바로 잡화점이었고, 거기서 일고여덟 집 올라가면 주막집과 음식집이 비스듬히 마주 보고 있었다. 잡화점, 주막, 음식집 아들이 모두 같은 반이었다. 우리들은 학교만 끝나면 몰려다녔다. 특히 음식집 아들을 따라가면, 으레 고운 옷을 차려 입은 그의 어머니가 뜨끈뜨끈한 빈대떡을 내놓았다. 그 아이는 개구지기로 소문나 있어 돌아가며 싸우지 않는 아이가 없었지만 나하고만은 싸우지 않았다. 내가 작고 또 선생님한테 귀염을 받는 데서 봐주는 것이었다.

우리들 사이에서 가장 나이가 많은 것은 주막집 아들이었다. 이미 사람들이 어떻게 아기를 낳는가 따위, 어른의 세계를 훤히 꿰뚫고 있어 쉽게 우리들의 대장이 되었다. 이윽고 교문 오른쪽 골목의 기름집 아들, 국수집 아들까지 한패가 되었고—나의 할머니와 삼촌도 장터에서 국수틀집을 했다— 우리는 딱지나 구슬이 생기면 당연히 주막집 아들과 나누어 가졌다. 그러나 나는 그 아이로부터 얻은 것이 훨씬 많다. 그의 주머니는 항상 칸델라(휴대용 등화구燈火具. 금속으로 만든 용기에 가스를 넣어 불을 켠다) 조이개며 기계에서 나온 쇠구슬 등으로 불룩했고, 내가 달라면 서슴없이 주어서 내 서랍도 종종 그런 것들로 가득 찼다.

아마 그 무렵 당국이 한창 퇴비증산에 열을 올리던 때였던 것 같다. 어느 날 교장 선생님이 조회시간—그때는 매일 운동장에서 전교생이 모여 조회를 했으며 조회 때마다 교장 선생의 훈시가 있었다—에 왜 우리가 풀을 많이 베어 퇴비를 증산해야 하는가를 역설했다. 그리고 학생들에게 다음 월요일까지 풀 한 짐씩을 베어 학교로 가지고 오도록 명령했다. 우리들은 모여서 어디 가서 풀을 벨 것인가를 의논한 끝에, 일요일 날 도시락을 싸들고 용당 고개로 가서 풀을 베기로 의견을 모았다. 이 역시 주막집 아들의 제의였다. 그만이 고갯마루에 갈대밭이 있다는 것을 알고 있었던 터이다.

그곳은 십 리쯤 되는 곳이었다. 도시락을 싸들고 가니 이미 점심때가 다 되었고, 허겁지겁 풀을 한 짐씩 베어 지고 내려오니 늦은 봄날이 어느새 어둑어둑 어두워 오고 있었다. 다음날 우리는 자랑스럽게 갈대 한 짐씩을 지고 등교했고, 이어 학생들 앞으로 불려 나갔다. 교장 선생님은 퇴비를 위해서 이렇게 멀리까지 가서 풀을 베어 온 학생들이 있다는 것은 자랑할 만한 일이라고 칭찬하면서 모든 학생들은 이 학생들을 본받으라고 말했다. 우리는 우쭐했다. 하지만 그것은 잠시. 교실로 들어온 우리들은 담임으로부터 꿀밤을 한 방씩 먹었다. 그렇게 미련한 짓을 하면 용서하지 않겠다는 것이었다. 나는 이 일로 한 사흘 된통 앓았다.

2

해방 전 내가 제일 괴로웠던 것은 설 때였던 것 같다. 이중과세 방지라는 명목으로, 당국에서는 철저하게 구정과세를 막았지만 우리 집안에서는 고집스럽게도 구정을 쇠었다. 돌아가며 함께 차례를 지내야 할 집이 다섯 집이나 되었으므로 우리는 설날이면, 새벽 일찍 일어나지 않으면 안 되었다. 겨우 눈을 뜨고 부랴부랴 세수를 한 다음 설빔으로 갈아입고 아버지를 따라 차례 첫 집인 큰집으로 달려가면 이미 당숙들은 흰 두루마기를 입고 칸델라불 밑에 모여 있었다.

큰당숙 재촉과 잔소리를 들어가며 차례가 끝나면, 당숙들은 둘러앉아 음복을 하고 떡국을 먹는 것인데, 그 사이사이 누가 무슨 일을 하다가 잡혀가고 누가 어떻게 밉보여 징용에 끌려가고 따위 소문들을 주고받았다. 당숙들 가운데는 면서기도 있고 구장도 있어—아버지는 금융조합(現농협서기)서기였다—주고받는 말 속에는 굳이 이렇게 도둑질하듯 차례를 지낼 필요가 있는가, 라는 원망이 들어 있었지만, 그런 기미를 눈치 챌 적마다 큰당숙은 버럭 역정을 냈다. '아무 소리들 말어. 그렇게 무서우면 양력설들 쇠라구. 아, 광주학생사건 이후 한 번도 장터에 나오지 않는 종손도 있는데 뭐가 그리 대단하다구.' 이러는 큰당숙의 고집을 꺾을 사람은 아무도 없었다.

다섯 집을 다 돌고 나면 날이 훤하게 밝아 이윽고 등교할 시간이 되었다. 그러면 나는 이번에는 학교에 가면 음력설을 쇠었다는 얘기를 해서는 안 된다는 할머니의 신신당부를 귓등으로 들으며, 설빔을 벗고 평상시 옷으로 갈아입는 것이었다. 우리 집안의 구정과세는 해방과 함께 신정과세로 바뀌었다. '신정을 쇠는 것이 옳은 줄은 다 알지만 설을 바꿔도 우리가 바꿔야지 왜 왜놈들한테 떠밀려 바꿔!'라는 큰당숙의 논리에 따라서였다. 큰당숙은 해방될 때까지 도망치며 지키던 상투도 해방되던 날 잘라버렸다. 내 상투 내가 자르지 왜놈들한테 잘리지는 않는다는 고집이었다.

그러나 나는 할머니 당부를 끝내 지키지 못했다. 설날 양복 주머니에 곶감이며 다식 따위를 넣어 가지고 가서 옆 아이에게 자랑하다가 담임한테 들켜버리고 만 것이다. 외지에서 온 시게미츠라는 장 씨 성을 가진 담임은 키가 크고 풍금을 잘 켰는데 싱거우면서도 아이들에게는 용서라는 게 없었다. 가령 우리말을 하다가 그에게 걸리면 깨금발로 운동장을 두세 바퀴 도는 벌을 면제해 주는 법이 없었다.

그날 나는 교무실로 끌려가 닦달을 받기도 전에 우리 집이 구정을 쇤다는 사실을 실토했고, 복도에 두 시간 동안 꿇어앉는 벌을 받았다. 내 몸이 약하다는 것이 중벌이 면제된 이유였다. 한편 이 사실은 주재소(지금의 파출소)로 통고되었으나 마침 주재소 주임과 면서기로 있는 당숙이 친했던 탓에 흐지부지되었다는 사실은 뒤에 들었다.

해방 전의 일로 또 생각나는 것은, 3학년이 되자 처녀 선생이 담임이 되었던 일이다. 그 여선생은 갓 학교를 나와 이곳이 첫 부임지였다. 아이들이 떠들면 회초리로 교탁을 치며 하염없이 울기만 했다. 국어 시간에 동화 같은 것을 읽어 주기를 좋아했는데, 그녀가 읽어 준 동화에는 철도를 타고 우주를 달리는 등의 얘기가 있었다. 아마 미야자와 겐지의 동화였을 것이다. 동시도 종종 읽어주었는데 누구의 시인지는 모르지만, '만지는 두 손에 아침 이슬' 같은 구절은 아직도 잊히지 않는다. 또 그녀는 수업이 끝난 뒤 우리를 데리고 냇가나 산으로도 자주 나갔고, 고무신 가게와 붙어 있는 자신의 자취방으로도 곧잘 데리고 갔다.

가장 잊히지 않는 일은, 우리들이 쌀을 추렴해서 떡을 한 시루 해다 주었던 일이다. 주막집 아들의 발상으로, 우리가 직접 할 수 없으니까 음식집을 하는 동무 어머니에게 부탁해서 만들었다. 정확히 생각나지는 않지만 그녀의 생일이거나 아니더라도 무슨 기념할 만한 일이 있는 날이었을 것이다. 그녀는 눈물을 찔끔거리며 좋아했지만, 채 일 년을 넘기지 못하고 학교를 떠났다.

뒤에 떠도는 소문으로는 와지마라는 조선인 순사가 약점을 잡고 치근덕거려 도망치듯 떠나갔다는 것이었다. '조선 놈들이 더 심하다니까. 와지마보다 더 나쁜 일본 순사가 있나 보라구.' 사람들은 이렇게들 수군거렸다. 해방되자 동네 사람들이 제일 먼저 집을 부수고 가재도구를 꺼내어 불을 지르고 몰매를 때린 것이 와지마 순사였다. 학교 부근에 살던 우리들도 어른들 틈에 끼어 밖으로 꺼내어 팽개쳐진 책상이며 그릇이며 옷가지를 마구 부수고 찢고 짓밟았다.

어느새 시시해진 병정놀이

1

우리가 가장 좋아하던 놀이는, '헤이타이콕코(병정놀이)'가 아니었나 싶다. 우리들은 툭하면 두 패로 갈라, 한쪽은 닛뽕군(日本軍)이 되고, 한쪽은 베이에이군(美英軍)이 되어 막대기 총과 막대기 칼을 휘두르며 언덕을 내달렸다. 각본은 미리 짜여 있어 처음에는 서로 격렬히 싸우다가, 마침내 미영군이 무참히 패배하여 쓰러지거나 도망가고 일본군 쪽이 소리 높이 '반자이(만세)'를 부르는 것으로 막을 내리게 되어 있었는데, 문제는 모두 일본군만 하고 미영군은 하지 않으려는 것이었다.

그래서 가위바위보로 편을 정하는데 한번은 내가 져서 미영군이 되는 바람에 앙 울음을 터뜨리고 집으로 도망 와 버리고 만 일도 있다. 일본군이 싱가포르를 점령했다고 해서 모든 학생들에게 공 한 개씩을 준 일도 우리가 병정놀이에 더욱 열중하게 만들었을 것이다. 우리는 머지않아 세계에서 제일 강한 일본이, 중국은 말할 것도 없고, 미국과 영국을 무찌르고 승리하리라는 것을 조금도 의심하지 않았으며, 교장의 훈시에서는 매일 이 점이 강조되었다. 우리에게 장래 무엇이 될 것이냐고 물으면 거의 '헤이타이상(병정)'이라고 서슴없이 대답했다.

내 생각에 혼란이 온 것은 그 조금 뒤였을 것이다. 고향에서 강제로 군사훈련을 받고 있던 젊은이들이 사열을 받던 날이었다. 교장과 선생님들의 인솔 아래 마을 앞까지 나가 대오를 정렬하고 서 있는 우리들 앞에 칼을 차고 총을 든 군인들 십여 명이 소달구지를 타고 나타났다. 퇴역 하사관쯤 되는 한 선생이 칼을 빼어 들고 차렷 자세로 경례를 했고, 교장의 선창으로 '덴노헤이카 반자이(천황폐하 만세)'를 불렀다. 나는 일본도를 꼬나든 콧수염을 기른 장교가 멋있어 눈물을 찔끔거릴 지경이었지만, 키가 나만큼이나 작아 늘 나와 짝이 되었던 윤문구라는 아이는 '반자이'를 부를 때도 딴전만 피웠다. 학교로 돌아왔을 때 그 아이는 은밀히 말했다. '너, 아무한테도 말 안 한다고 약속하면 내가 비밀 하나 가르쳐 주지!' 나는 약속을 했고 그 아이는 변소 뒤로 나를 데리고 갔다.

'너, 일본이 미국한테 진다는 거 모르지. 덴노헤이카는 우리나라 임금이 아니고 우리나라 임금은 따로 있다구.' 그는 이밖에도 몇 가지 얘기를 더 했지만 나는 아무래도 믿을 수가 없었다. 이 비슷한 소리들을 당숙이

나 삼촌한테 어렴풋이 듣지 않은 바는 아니었지만, 일본이 지고 덴노헤이카가 우리나라 임금이 아니라고 이렇게 분명히 들은 것은 이것이 처음이었기 때문이다. 나는 삼촌한테 물어보았다. 삼촌은 '너 어서 들었어? 딴 데 가서 그런 소리하면 큰일 난다'라고만 했을 뿐 그 이상은 말하지 않았다. 이후 나는 병정놀이가 시들해지기 시작해서, 굳이 가위바위보에 이겨 일본군이 될 생각을 하지 않았으며, 미영군이 되어도 속상해하지 않았다.

그 무렵 본 '가미시바이(紙芝居)'와 계몽 연극 한 편이 아직도 잊히지 않는다. '가미시바이'는 그림을 보여 주며 연사가 설명하는 형식으로 진행되는, 말하자면 그림 연극이다. 미국 비행기의 폭격에 주민들이 일치단결하여 얼마나 용감하고 슬기롭게 싸워 나가는가, 라는 내용이었다. 대학교수도 나오고 금융조합 서기도 나오는데 가장 용감한 것은 매번 애국반장이었다. 나는 아버지에게 왜 애국반장이 되지 않느냐고 물어 아버지를 어리둥절하게 만들었다.

연극은 중국으로 독립운동을 하러 갔던 불령선인(불온한 사상을 가진 조선인)인 형이 스파이가 되어 돌아왔지만 동생의 설득에 의해 과오를 뉘우치고 천황폐하를 위해 신명을 다할 것을 맹세하게 된다는 애국계몽극이었다. 이 연극을 보고서 나는 윤문구라는 동무에게 '그래두 저 스파이는 나쁜 사람이지?' 하고 물었다. 그러자 그는 이렇게 대답했다. '아냐, 저 스파이가 진짜 좋은 사람이야.' 나는 이 이야기를 아무한테도 하지 않았다.

중학교 상급반에 다니는 공부 잘하기로 소문난 친척 형이 있었다. 그의 큰형이 아버지와 같은 금융조합에 다니고 있어서였는지 재 하나를 사이로 사는 곳이 멀리 떨어져 있는데도 가끔 우리 집에 놀러 왔다. 6·25 때 서울 공대 학생 몸으로 의용군을 모집하고 월북함으로써 우리 곁을 떠난 그가, 어머니에게 하던 얘기도 일제 강점기 때 학교생활을 얘기하면서 빼놓을 수 없을 것 같다. 그는 매번 분개하면서 교장 선생 얘기를 했다. 일본군에 지원해 나가라는 교장의 강압 때문에 더 이상 학교에 갈 수가 없을 것 같다는 것이었다. 평소에도 얼마나 가혹한지 학교 안에서는 물론 밖에서 조선말을 했다는 것도 귀에 들어가면 가차 없이 처벌한다는 것이었다.

집에서도 본인은 말할 것도 없고 아내나 아이들도 일절 조선말은 못 쓰게 하며, 음식도 일본식이어서 가령 김치 대신 다꾸앙(단무지)을 먹고, 옷도 왜옷, 신도 왜신을 신는다고 했다. 집에 카미타나(집에 만들어 놓은 재단)를 모셔 놓고 매일 아침 가족 모두 함께 천황이 사는 동쪽을 향해 절을 한다고도 했다. '세상이 바뀌면 제일 먼저 맞아 죽을 놈이에요.' 내가 아버지에게 무슨 말을 했던지, 어느 날 잠결에 들으니 아버지가 어머니에게 말하는 소리가 들렸다. '걘 왜 맨날 우리 집에 오는 거야. 못 오게 하라구.' '지가 오는 걸 어떻게 못 오게 해요.' '애 앞에서 이상한 소리 해 가지구, 아, 애가 밖에 나가서 그런 소리 하구 다니면 어떻게 할라구 그래!'

제일 먼저 맞아 죽을 것 같다던 그 교장은 해방이 되고도 맞아 죽지 않았다. 당장 죄를 뉘우치고 자결하라고 요구하는 학생들을 설득, 용서를 받은 그는 바지저고리에 고무신 신고 다니면서 일본말을 쓰는 학생들을 가차 없이 처벌하는 국수주의 교장으로 변신했다. 이후 미군이 들어오자 영어를 할 줄 아는 것을 활용, 그들을 배경으로 힘 있는 교장이 되어 좌익교사들을 몰아냈고 이어 능력을 인정받아 도의 학무국장이 되었다가 문교부차관으로 승진, 마침내 국회의원까지 되었다.

2

전쟁이 막바지에 이르자 점점 살기가 어려워졌다. 일제 당국은 식량은 물론 전쟁에 조금이라도 쓸모가 있는 것은 무엇이든 다 빼앗아갔다. 밥도 놋그릇 대신 나무그릇에 먹어야 했으며 숟갈도 젓갈도 모두 나무로 대체되었다. 새터의 누가 숟갈을 몇 새 숨겨두고 내놓지 않았다가 잡혀 갔다느니, 밤골의 누가 벼 한 가마니 땅에 묻어 감추었다가 들켜 감옥에 갔다느니, 세상은 온통 소문으로 흉흉했다.

학교도 점점 공부는 뒷전이 되었다. 노력 봉사다 뭐다 해서 매일처럼 벼 베러 다니고 보리 밟으러 다니고 모 심으러 다니고 솔방울 따러 다니고 또 미루나무 열매 따러 다녔다. 생활필수품도 귀할 대로 귀해져 석유가 자취를 감춘 지는 아주 오래여서 램프 대신 들기름 등잔이 등장했으며, 옷도 너덜너덜 기운 것밖에 차지가 오지 않았다. 한번은 밤중에 할머니가 깨워 일어났더니 물 사발을 디밀었다. 면에 다니는 당숙네 집엘 갔더니 설탕물을 타 주는데 차마 혼자 마실 수가 없어 염치불구하고 들고 왔다는 것이었다. 고무신도 시중에서는 구할 수 없는 물건으로, 모든 아이들 신이 왜나막신으로 통일되었다. 툭하면 벗겨지는 그 왜나막신을 신고 새끼로 둘둘 말아 만든 공을 찼다.

할머니와 삼촌이 하던 국수틀집도 문을 닫았다. 국수를 눌러다 먹을 사람이 없기도 했겠지만 그보다 먼저 기계인 쇠붙이가 남김없이 징발 당했던 것이다. 그걸로 끝나는 것이 아니었다. 징용 갈 나이였던 삼촌은 일단 산으로 도망을 갔다가 한참 만에 돌아왔다. 징용 가는 대신 목탄 굽는 곳에서 무노임으로 일하게 해준다는 주재소 주임의 약속을 받고서였다.

할머니가 인절미 한 판 만들어 들고 주재소 주임 집에 인사를 갔더니 그 부인이 인사성 바르고 잘생겼다며 삼촌 칭찬을 무척 하더란다. 무언가 잘난 데가 있으니까 이 판에 먼 타국으로 징용 안 가고 가까운 목탄 굽는 데서 일하게 된 게 아니냐고 수군대는 이웃 사람들의 말을 들으며 나는 삼촌이 은근히 자랑스러웠다. 그래서 밀개떡을 쪄가지고 삼촌한테 가는 할머니를 언제나 쫓아가곤 했었는데, 숯같이 까만 얼굴에 눈만 반짝이는 삼촌이 똑같이 새까만 동료 노무자들을 불러 그 새까만 손으로 밀개떡을 하나씩 집어 나누어주는 모습이 여간 근사해 보이지 않았다. 나는 동무들한테 목탄으로 자동차가 다닌다는 설명을 하면서 삼촌이 하는 일도 '헤이타이상'이 하는 일이나 똑같이 중요한 일이라고 자랑하고는 했다. 어쩌다가는 동무들을 서넛 데리고 삼촌을 찾아가면 삼촌은 소나무 가지를 꺾어 송기떡(송기를 멥쌀가루에 섞어 반죽하며 만든 떡)을 만들어주었다.

일제 말기의 기억에는 한 소녀가 겹쳐진다. 여름방학 직전 해방 한 달쯤 전 우리 반에 한 소녀가 편입해 들어왔다. 얼굴이 희고 몸이 가냘팠는데, 도쿄에 살다가 미군의 폭격을 피해 부모를 따라 소개(疏開 : 공습이나 화재 따위에 대비하여 한곳에 집중되어 있는 주민을 분산함)해 온 아이였다. 선생님은 그 아이를 소개(紹介)한 다음 대뜸 국어책 한 대목을 읽게 했다. 아이의 목소리는 몸처럼 가냘팠지만 매우 맑고 깨끗했다. 그 다음 산수 시간에도 그 아이는 선생의 질문 대상이 되었으며 음악 시간에도 또 일어나 선생이 시키는 대로 노래 한 대목을 불렀다. 아마 첫날부터 그 아이에게 매료된 것은 나만이 아니었을 것이다. 방과 후, 한 아이는 그 아이가 바로 자기네 동네에 산다면서 호위하듯 데리고 나갔을 때 나는 그가 부러워 견딜 수 없었다.

그 아이는 말수가 적었다. 다행히 나와는 자리 하나를 건너뛴 가까운 자리였는데 누가 무엇을 물어도 '그래' '아니'로만 대답하는 것 같았다. 나도 벼르고 벼르다가 사흘째 되는 날쯤 한마디 물어 보았다. '도쿄는 굉장히 크지?' 그 아이는 잠시 나를 쳐다보다가 '응' 그러고는 이내 눈을 돌려

버렸다. 여름방학 때 나는 동네 동무들을 유혹하여 4킬로미터나 걸어 그 아이가 사는 마을엘 갔다. 그때까지는 한 번도 가 본 일이 없는, 큰 산을 뒤로 진 산기슭 마을이었다. 그 마을에는 마침 당고모가 살고 있어 가면 참외를 먹을 수 있다는 것이 내가 내민 미끼였다. 마을에 들어서자마자 느티나무 밑에 다른 아이들과 함께 서 있는 그 아이의 뒷모습이 보였다. '어, 쟤 이 동네에 사는가 보네.' 개구진 동무가 먹이를 발견한 짐승처럼 큰소리로 그 아이의 이름을 불렀다. 나는 문득 내가 이들과 한패라는 것을 보이고 싶지가 않아졌다. 나는 돌아서서 도망을 쳤고, 두고두고 이 일로 해서 놀림을 받았다.

조선독립만세와 한글 책

1

일본이 전쟁에 지고 우리나라가 해방이 되었다는 것을 안 것은 8 · 15 다음날이었다. 여름방학도 끝나 갈 무렵, 더위가 마지막 기승을 부리고 있을 때였다. 새벽부터 면에 다니는 당숙이 찾아와 아버지와 수군대는 것을 보고 무슨 일인가 궁금해 했는데 점심 무렵 장터에서 주막을 하는 집 아들인 동무가 찾아와 흥분해서 말했다. '너 모르지, 일본이 베이에이한테 항복을 했단 말야.' 일본이 미국과 영국한테 항복을 했다는 소리가 나는 도무지 믿어지지 않았다. 이 세상에 일본을 이길 나라가 어디 있단 말인가. 그 아이는 다시 말했다. '너, 정미소 긴상이 덴노헤이카가 라디오에 나와 항복하는 소리를 들었단 말야.' 아랫말, 윗말로 나뉘어져 있는 우리 마을에는 라디오라고는 정미소에 한 대가 있을 뿐이었고, 키가 작달막한 정미소 주인은 김 씨였다. 결국 우리는 1킬로미터쯤 떨어져 있는 산 밑 정미소로 라디오를 들으러 갔는데, 그때 이미 정미소 뒷방은 사람들로 가득했다.

우리들은 사람들의 허리 사이로 머리를 디밀었지만 라디오에서는 삑삑거리는 잡음만 들릴 뿐이었다. 결국 우리는 포기하고 돌아오고 말았는데, 집에 와 보니 산판에서 일하고 있을 삼촌이 돌아와 아버지와 무슨 얘긴가를 하고 있었다. 이윽고 면에 다니는 당숙이 들어왔고 큰당숙이 오란다고 해서 모두들 그리로 몰려갔다.

장터에서 징 소리 꽹과리 소리가 들리고 만세 소리가 들리기 시작한 것은 어둑어둑 땅거미가 깔릴 무렵이었다. 밖에 나갔던 할머니가 게다짝 벗어지는 것도 모르고 달려 들어오면서 소리쳤다. '얘들아, 다들 나와 봐라, 만세 부르고, 아주 난리 났다! 사람들이 쫙 깔렸어!' 다시 돌아서서 달려나가는 할머니를 따라 나도 장터로 내달렸다. 과연 장거리는 발 디딜 틈이 없을 정도로 사람들로 가득했다. 사람들은 제각각 손에 지금까지 보지 못하던 깃발을 들고 미친 듯 춤을 추면서 쉴 새 없이 '조선독립만세!' 하고 외쳤다. 사람들은 한곳으로 몰려가고 있었다. 이내 우리 동무들도 모여들어, 우리도 그 행렬을 뒤따랐는데, 사람들이 먼저 몰려간 곳은 지서였다.

'다 죽여!' '다 때려 부셔!' 소리와 함께 와장창 유리 깨지는 소리가 들리고 문짝 부서지는 소리가 들렸다. 지서에 붙어 있는 일본인 주임과 한국인인 와지마 순사의 사택 문짝과 유리창도 마구잡이로 깨어졌다. 농짝과 책상이 창밖으로 내팽개쳐지고 밀가루와 사탕 부대와 옷가지가 현관 앞에 쌓였다. '아이고, 우리는 사탕 한 숟 맛 못 보고 살았는데 저놈들은 이렇게 쌓아 놓고 살다니!' 하는 통탄이 여기저기서 튀어나왔고, 누군가가 옷가지에 불을 붙였다. 선두가 면사무소로 향하는 것을 보면서 이번에는 우리들이 달려들어 와지마 순사네 가구와 그릇들을 마구 짓밟았다.

행렬 속에서 아버지, 삼촌, 당숙들을 본 것은 면사무소 앞에서였다. 그들도 다른 사람들과 마찬가지로 손에 깃발을 들고 있었으며, 덩실덩실 춤을 추면서 조선독립만세를 부르고 있었다.

내가 가장 놀란 것은 우리가 피리를 잘 불어서 '퉁수당숙'이라고 부르던 둘째 집 당숙이었다. 그는 맨 앞장에 서서 꽹과리를 치면서 행렬을 이끌고 있었다. 노름에다가 술과 계집밖에 모르는 건달이라고 집안에서도 아예 내놓았던 당숙이 여기서는 대장 노릇을 하는 것이었다. 내가 더 놀란 것은 시종 퉁수당숙의 뒤를 따라다니며 땀을 뻘뻘 흘리면서 춤을 추는 교장 선생님 때문이었다. 일본의 천황이 산다는 동쪽을 향해 큰절을 할 때나 그 앞에 충성을 맹세하는 '코오코쿠 신민노 세이시(皇國臣民誓詞, 황국신민서사)'를 욀 때뿐 아니라, 평소에도 웃는 얼굴을 좀체 보이지 않는 엄격한 분의 입에서 '좋다!' 소리가 연신 나오는 것이 여간만 신기하지 않았다. 그날 큰당숙이 아버지와 삼촌 등 집안 사람들을 집으로 부른 것은 태극기를 그리기 위해서였다는 말을 그 뒤 할머니한테 들었다. 그 난리 통에도 큰당숙은 몰래 태극기를 감추어 놓고 있었다면서 할머니는 혀를 찼다. 어느 때쯤부터는 여기저기서 '백두산 뻗어나려 반도 삼천리' 하는 애국가 — 당시에는 이것을 애국가라 말했다 — 가 흘러 나왔는데, 그 가사도 큰당숙의 서랍 속에서 나온 것이었다 했다. 큰당숙이 이 노래를 삼촌에게 주어 등사해서 사람들에게 나누어 주게 했던 것이다.

해방 후 처음 학교에 모인 우리들은 여름 햇살이 뜨거운 운동장에 세워진 채 한 시간쯤 교장 선생님의 훈시를 들었다. 학교에서건 집에서건 앞으로는 절대로 일본말을 써서는 안 된다, 우리나라 글씨는 한글로서, 세상에서 가장 뛰어난 글씨이다, 우리가 제일 먼저 할 일은 한글을 배우는 일이다, 우리나라는 반만년의 역사를 가진 위대한 나라다, 우리나라 국화는 무궁화로 일본의 국화인 사쿠라(벚꽃)와는 비교가 안 되게 아름답다, 학교 운동장의 사쿠라는 곧 다 베고 무궁화를 심을 것이다……. 대개 이런 얘기들이었던 것 같다. 한 달 전만 해도 덴노헤이카 소리만 나오면 차렷 자세를 취하고 우리말을 쓰는 아이를 보면 더러운 말을 입에 올렸다는 듯 얼굴을 찌푸리던 그였지만, 돌변해 버린 그의 태도를 이상하게 생각한 아이는 아마 아무도 없었을 것이다.

이내 여름방학이 끝나고 새 학기가 되었다. 모든 과목이 중지되고 국어만 공부하는 비상 교육이 시작되었다. 전교생을 1, 2, 3학년과 4, 5, 6학년의 둘로 편성하여 중간을 터, 넓게 쓸 수 있는 두 개의 교실에 수용했다.

전교생이 두 학년으로 나누어진 것이다. 한글을 가르칠 수 있는 선생이 두 분밖에 없어서였을 것이다. 나는 4학년이었으므로 5, 6학년과 함께 공부하게 되었는데 다행히도 그때까지 우리 담임이 한글 선생님이었다.

며칠 동안의 기초가 끝난 뒤부터 선생님은 그날 배운 내용을 칠판에 쓴 다음, 읽는 학생은 하교시키고 못 읽는 학생은 읽을 때까지 잡아 놓고 가르치는 방법을 취했다. 나는 상급반 학생을 제치고 거의 매일 제일 먼저 하교할 수 있었는데, 내가 일찍 한글을 깨우친 것은 눈에 띄는 모든 물건이며 나무 따위에 '의자'니 '대추나무'니 하고 이름을 써 붙이는 등 극성을 부린 어머니와 삼촌 덕이 컸다. 이 바람에 나는 두 학년이 아래인 동생과 함께 면내에서 공부 잘하는 아이로 소문이 났다.

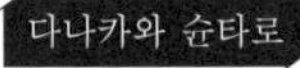

「자서전적 단편(斷片)」에서

최초의 날짜

탄생, 1931년 12월 15일. 스스로 택한 것도 아니고 또 정확한지 확인할 수도 없는 이 날짜에, 그래도 불평은 없다. 오히려 마음에 드는 편이다. 베토벤과 같은 생일이기 때문이다(베토벤 생일에 관해서는 12월 16일설, 17일설도 있지만 말할 나위도 없이 이것들은 너무나 학문적인 오류에 지나지 않는다).

태어난 장소는 도쿄 시나노마치(信濃町)에 있는 게이오(慶應)병원이다. 아버지는 어머니의 해산을 기다리면서 병원 복도에서 요요를 하셨다고 한다.

나는 제왕절개로 태어났다. 제왕절개로 태어난 아이는 똑똑하지만 인내심이 모자라다는 속설이 있는데 충분히 믿을 만하다. 게다가 나는 어릴 때 심장판막증이었다. 그래서 단거리 경주는 선수였지만 마라톤은 전혀 못했다. 지금도 대하소설이나 장편 서사시 같은 것을 집필하려는 야심은 가지지 못한다. 판막증은 그후 어중간하게 나은 것 같지만.

외할아버지

외할아버지가 첫손자를 원하지 않았더라면 나는 이 세상에 존재하지 못했을지도 모른다. 부모님은 아이 따위는 필요 없다고 생각하셨던 것 같고, 나를 뱄을 때도 처음에는 낳을 생각이 없으셨다고 한다. 그런데 태어나자마자 어머니는 아기에게 빠졌다. 너무 소중하게 기른 나머지 2월에 난방 때문에 땀띠가 난 아기를 보고, 의사가 웃었다.

내 생명의 은인인 외할아버지는 정우회(政友會) 소속으로 국회의원 등을 지내신 분인데, 수상한 발명품에 투자를 하고는 자주 속으셨다. 교토후(京都府) 시타요도초(下淀町)에 요도성(淀城) 바깥 해자로 둘러싸인 커다란 저택이 있었다. 그 집 복도에는 경사진 부분이 한 군데 있었는데 그곳을 지날 때마다 나는 왠지 희미한 불안을 느꼈다.

그 집에는 또 두꺼운 흙벽의 광이 두 개 있었다. 어린 나는 광의 무거운 문을 힘껏 여는 게 재미있었다. 쥐가 못 들어오게 하기 위해 입구에 설

치된 판자를 넘어서 안에 들어가보면 큰 등의자가 천장에 매달려 있었다.

패전의 해 여름부터 그 다음해 가을까지 나는 어머니와 함께 그 집에 소개(疎開)했었다. 후에 집도 땅도 남의 손으로 넘어가 지금은 아파트가 그 자리에 서 있다.

기도

나는 잠자리에 든다. 천장의 전등이 꺼지고 나는 어둠 속에 혼자 남는다. 나는 가슴 위에 깍지를 껴서 '기도'를 시작한다.

'불이 나지 않게 해주세요. 지진이 일어나지 않게 해주세요. 도둑이 들어오지 않게 해주세요. 엄마 아빠 죽지 않게 해주세요. 요도(淀)에 계시는 이모와 이모부, 도코나메(常滑)에 계시는 큰아버지와 큰어머니가 죽지 않게 지켜 주세요. 아무도 병이 들지 않게 해주세요. 하느님, 부디 잘 부탁합니다.'

어린 내가 '하느님'을 믿고 있었는지 의심스럽다. 하지만 나는 밤마다 하는 기도를 그만둬 버리면 무슨 무서운 불행이 일어나는 게 아닐까, 내가 정말 외돌토리가 되고 마는 게 아닐까 하는 공포에 사로잡혀 있었다.

기도를 마친 후에도 내 불안은 가시지 않는다. 어머니가 계실 텐데 거실이 이상하게 조용하다. 무슨 소리든 들으려고 어둠 속에서 귀를 기울여

보지만 아무 소리도 들리지 않는다. 나는 견디지 못해 살그머니 잠자리를 벗어난다.

거실의 장지는 전등불로 밝다. 물이 끓는 소리도 들린다. 그러나 아직 안심되지 않는다. 나는 복도 끝에 웅크리고 앉아 기다린다. 그러다가 드디어 장지를 조금 열어서 안을 들여다본다. 어머니는 물론, 거기에 계신다.

기타카루이자와(北輕井澤)

태어난 다음해부터 여름이면 기타카루이자와 대학촌(大學村, 군마 켄郡馬縣에 있는 별장지의 통칭. 당시의 호세이法政대학 총장이 이 부근에 소유하고 있었던 광대한 땅을 학자, 문화인들에게 분양하면서 생겼다. 역주)에 있는 작은 집에 간다. 기타카루이자와라 해도 '가루이자와(輕井澤)'와는 관계가 없다. 가루이자와는 나가노 켄(長野縣)에 있지만 기타카루이자와는 군마 켄이다. 시라네(白根) 광산에서 유황을 실어 내는 경편철도를 타고 가루이자와에서 북쪽으로 한 시간 반이나 걸리는 곳이다.

구사카루(草輕) 전철은 커브가 너무 많아 나는 금방 멀미가 난다. 기타카루이자와 역 앞에는 닷지(Dodge, 미국의 자동차 브랜드, 역주)인지 뭔지, 지붕을 내린 오픈카의 택시가 기다리고 있다. 경적도 고무로 된 게 아니라 새된 소리를 내는 전기 경적이다. 대학촌 속의 길은 차의 바퀴 자국이 나 있고 그 가운데에는 풀이 남아 있다. 그런 길이, 나는 무척 좋았다.

집은 낙엽송 숲 속에 있다. 소나기가 내리면 함석지붕이 울린다. 운이 좋게 아사마야마(淺間山)가 분화하는 모습이 보일 때도 있다. 분연에는 다른 어떤 것에도 비유할 수 없는, 특유의 질감이 있다. 날아오는 암석 조각을 지우산으로 피하면서 집에 돌아간다. 흥분은 좀처럼 가라앉지 않는다.

생물

이상하게 기억에 남는 일

슌타로가 대여섯 살 때였다. 마당에서 놀던 그가 갑자기 발을 동동 구르며 울기 시작했다. 옆에 있던 내가, 무슨 일인가 해서 봤더니 개가 버마재비를 놀리고 있었다. 슌타로는 그것을 보고, 개가 버마재비를 죽이려고, 혹은 먹으려고 하고 있다고 생각한 모양이다. 아직 개가 좀 무서웠던 때라 직접 개를 야단치지 못해 버마재비가 불쌍하니까 구해 달라고 어른들에게 호소하고 싶은 마음이, 발을 구르는 동작이 된 모양이다.

이 일은 이상하게 내 기억에 남아 있다. 그때 나는 슌타로가 그런 기질을 타고 났다는 사실을 기뻐하면서도 절반은 걱정이 되어 아내에게 그 이야기를 했다.

슌타로는 지금도 집안에 들어온 개미를 죽이지 않고 살그머니 밖에 내다 버린다. 도쿄에서도 교외가 되는 이 근방에는 파리가 꽤 많은데, 그는 파리조차 어쩔 수 없는 사정이 없는 한 때려죽이려고 하지 않아 가끔 제 엄마에게 야단맞고 있다.

재미있는 것은 모기다. 중학교 과학 시간에 배운, 모기의 암컷과 수컷을 식별하는 법과 수컷은 사람을 물지 않는다는 지식은, 한때 그에게 큰 힘이 되었었다. 손발에 앉은 모기에 대해서도, 먼저 암컷과 수컷의 형태 차이를 가려낸 다음 수컷이면 놓아주고 암컷이라고 확인된 놈만 때리면 되기 때문이다. 하지만 그 후 모기가 번식하는 데에는 수컷도 관여한다는 사실을 알아서 부득이 수컷에 대해서도 암컷과 같은 처치를 취하게 되었다고 하는데, 중학교에서 과학을 배웠을 때부터 그 새로운 인식에 도달하기까지 세월이 얼마나 흘렀는지는 듣지 못했다.

매년 여름에 가는 별장에서는 장님거미라는, 실처럼 긴 다리를 가진 징그러운 거미가 책상 위나 잠자리에 마구 들어온다. 나는 그게 몹시 싫은데 슌타로는 이 거미도 죽이지 못해 밖에 내다 버린다.(1959년)

— 다니카와 데쓰조

(谷川徹三, 1895-1989, 슌타로 씨의 부친. 철학자, 호세이대학 총장. 문학이나 미술에 관한 평론도 했으며 시인 미야자와 겐지宮澤賢治의 연구가이기도 했다.)

후잔보의 백과사전

아버지가 서재 겸 응접실로 쓰시는 방에는 독특한 냄새가 있다. 아마 사방의 벽을 가득 매운 책들, 특히 양서가 풍기는 종이와 가죽, 그리고 곰팡이의 냄새다. 일요일에는 그 방에서 젊은 손님들이 하루 종일 아버지와 재미있게 이야기를 하지만 아버지가 안 계시는 평일 오후 같은 때는 커튼이 쳐져 있고 조용하다.

그 방구석에서 양탄자에 앉아 나는 후잔보(富山房, 출판사 이름, 역주)의 백과사전을 본다. 손이 닿아 무지러진 가죽 장정본의 등에 새겨진 주문 같은 인덱스 문자, 예를 들어 "ほんあみ(혼아미)~ん(ㄴ)". 무엇을 찾기 위해 보는 게 아니다. 나는 자신의 외부에 있는 미지의 세계를 들여다보는 것이다.

'기형'이라는 항목의 사진이 특히 나를 매혹한다. 등이 붙은 샴쌍생아, 난쟁이, 머리밖에 없는 태아, 손가락이 여섯 개 붙은 손—무섭지는 않다. 나는 오히려 희미한 에로티시즘을 느껴 뒤가 켕긴다.

나는 남몰래 백과사전을 자주 무릎 위에서 편다. 파리하고 둥근 얼굴의 친구가 오늘 학교에서 웃으면서 한 수수께끼의 말 '고(子)의 미야사마(宮樣)'(자궁을 황족의 호칭처럼 표현한 것, 역주). 나는 열심히 '고'의 항목을 젖혀 보지만 아무것도 찾지 못한다.

성에 관한 지식은 거의 다 백과사전에서 배운다. '교접'이라는 항목을 읽는다. '수태'라는 도판을 되풀이해 쳐다본다. 이해는 못하면서 나는 그것들에 집착한다.

서재에는 세계미술전집도 있었다. 나도 거기서 「성 세바스찬의 순교」를 만난다. 『가면(假面)의 고백』(미시마 유키오三島由紀夫의 장편소설. 주인공이 이 그림을 보고 성적 흥분을 느끼는 장면이 나온다, 역주)의 주인공과는 달리 나는 이상하게 가슴이 두근거리는 정도로 그쳤지만.

피아노의 방

통로로밖에 안 보이는, 어중간하게 기다란 다다미방. 양탄자 위에 피아노와 레코드케이스가 놓여 있고, 레코드케이스 위에는 축음기가 있다. 기둥과 기둥 사이에 댄 대나무 막대기에는 스다 구니타로(須田國太郎) 화백의 초기작품인, 유럽 어느 동네의 풍경을 그린 유화가 걸려 있다.

나는 마지못해 피아노 앞에 앉는다. 교본에는 나쁜 손 모양과 바른 손 모양의 사진이 나와 있다. 마치 의학서의 사진 같다. 나쁜 모양의 손을 가진 사람은 몸의 다른 부분도 나쁜 모양이겠다, 이 사람은 병자라고 나는 상상한다. 열심히 바른 손 모양으로 쳐 보려고 하지만 잘 안 된다. 특히 약손가락과 새끼손가락은 힘이 없어 마음대로 움직이지 못한다.

나에게 있어 어린 시절 즉, 쇼와(昭和) 10년대 전반의 분위기는, 소나티네 앨범 중의 몇 개 소곡으로 대표된다고 해도 과언이 아니다. 소학교에서 배운 창가는 나를 감상적으로 만들지 않는다.

이윽고 나는 난생 처음 음반을 사 달라고 어머니에게 조른다. 그 곡은 「바다로 가면」(海ゆかば, 전쟁 중의 유행한 일본가곡, 역주). 또, 방공연습으로 등화관제를 하는 사이에 「회의(會議)는 춤추다」(발성영화 초기 독일 영화의 제목, 역주)의 음반을 틀어서 어머니가 말린다. 바인가르트너(Weingartner)가 지휘하는 베토벤 제5교향곡을 되풀이해 듣게 될 때까지는 아직 몇 년 남았다. 그리고 베토벤의 후기 현악 4중주곡이나 피아노 소나타로 흥미가 옮기는 것은 전후의 일이다.

아침

아침 일찍 나는 마당에 서 있다. 잔디 위에 이슬이 내렸다. 이웃집 대지 끝에 있는 큰 아까시나무 뒤쪽에서 해가 뜬다.

그때 내 마음에 지금까지 없었던 무엇인가가 태어난다. 좋아한다, 싫어한다. 기분이 좋다, 나쁘다. 기쁘다, 슬프다. 무섭다, 무섭지 않다—여태껏 겪어온 그러한 심리 상태와는 전혀 다른 새로운 것, 더 큰 것, 그때는 그 이름을 몰랐지만 아마 '시'라고 부를 수 있을 것. 그날의 감동을 나는 소학생답게 간단한 일기로 적는다.

"오늘, 난생 처음 아침이 아름답다고 느꼈다."

짓궂은 아이

나더러 교정 끝에 있는 낮은 철봉 옆에 오라고 한다. 방과 후 시간이 지나 교정에는 이제 아무도 없다. 나와 그 아이뿐이다. 나는 느닷없이 양쪽 따귀를 얻어맞고 놀란다. 그때까지 맞은 경험이 없어서 무엇을 당했는지도 잘 모른다. 형제 없이 자란 나는 상대를 때려서 되갚아준다는 것은 생각조차 못한다. 놀라고 당황한 후에 공포와 혐오가 치밀어 온다. 마른 원숭이 새끼 같은 그 개구쟁이가 이번에는 내 다리를 후려친다. 그러면서 뭔가 기운찬 목소리를 내는데 내가 건방지다고 말하는 모양이다. 나는 그냥 당하기만 한다. 화는 나지 않지만 부끄럽다. 왠지 무척 부끄럽고 겁난다. 하지만 나는 울지 않는다.

수뢰감장(水雷鑑長)

우리는 '수뢰감장'이라는 놀이를 한다. 나는 키가 작지만 달리기는 잘하고 민첩하다. 모자의 차양을 뒤로 돌린 나는 활기차 있다. 나는 키 큰 적을 몰아넣고 터치한다. 동네에 있는 농가의 아들로 공부는 별로 못한 아이다. 내가 터치했는데도 적은 포로가 되려고 하지 않는다. 그것은 규칙 위반이다. 내가 몇 번 주장해도 히쭉거리기만 하고 상관하려 들지 않는다. 나는 벌컥 성이 나서 나도 모르게 뜻밖의 말이 입에서 나왔다.

"가난뱅이!"

히쭉거리면서 도망쳤던 적이 갑자기 발을 멈추고 정색을 한다. 이번에는 내가 도망치는 차례다. 이제 놀이가 아니다. 규칙도 없다. 나는 끝까지 달아난다. 교사에 들어가 계단을 뛰어 올라가고 내려간다. 적은 따라잡지 못하지만 어디까지나 뒤쫓아온다. 이제 절반 울면서 미친 듯이 쫓아온다. 나는 드디어 '두목'에게 도움을 청한다. 보통 때는 거북한 존재인 '두목'에게. 그는 어린 나이에도 의협심이 많다. "아빠한테 끌어갈 거야!"라고 으르대는 상대를 달래고 나에게는 사과하라고 타이른다. 나는 벌써부터 진심으로 후회하고 있다.

싸움

이토(伊藤)라는 이름의, 약간 불뚱이인 그 아이가 화를 내고 있다. 얼굴이 붉어지고 이마에 핏대가 서 있다. 멘소레담을 바른 입술 주변이 젖은 듯이 번들거린다. 나는 내 책상에 앉아 있으며 그 아이는 앞을 가로막고 양손으로 책상 모퉁이를 잡고 있다. 무엇 때문의 말다툼이었을까? 나는 막힘 없이 내 입장을 주장한다. 나는 내가 정당하다고 절반 믿고 나머지 절반은 내 말솜씨에 의지하고 있다. 상대방은 차차 말이 막히기 시작했다. 그래서 마지막에는 교정에 나가라고 한다. 완력으로 승부하자는 것이다. 하지만 나에게는 완력에 호소해야 할 이유가 없다. 나는 끝까지 거절한다. 그 아이는 성급하지만 페어플레이 정신을 존중해서 감히 나를 때리려고 하지는 않는다. 곧 수업의 시작을 알리는 벨이 울리고 우리를 둘러쌌던 학생들도 하나씩 떠난다. 내가 이겼다.

방과 후 우리 둘은 따로따로 호출 받고 선생님에게 간다. 선생님은 내가 옳다고 인정하면서도 싸움에 응하지 않은 게 유감스럽다고 한다. 나는 비로소 화가 나 속으로 그런 사고방식을 경멸한다. 그러나 또 한편으로 나는 그 젊은 선생님이 진심으로 유감스럽게 생각하는 마음을 그대로 받아들이고 있다. 나는 그를 좋아하게 될지언정 싫어지지는 않는다.

가와무라 분이치로* 씨

마당을 지나온 손님이 아버지를 만난다. 가끔 오는 백석의 미청년이다. 청년은 무엇인가를 놓고 간다. 정서해서 깔끔히 철한 원고, 라고 하기보다 이것은 한 부만 발행된 책이라 부르는 게 옳다. 표지에는 붓글씨로 기세 좋은 문자가 쓰여져 있다. 문자의 검은색과 대조적으로 빨간색으로 봉황 같은 그림도 그려져 있었던 것 같다.

"이게 뭐야?" 내 물음에 어머니가 답한다. "시야." 읽어본다. 전혀 모른다. 나는 만들던 모형 비행기 쪽으로 돌아간다.

* 가와무라 분이치로 : 河邨文一郎, 1917-2004, 의사, 시인.

도조(東條) 수상

도조 수상(도조 히데키東條英機, 1884-1948, 군인, 정치가. 1941년부터 3년간 수상을 지내고 전후에 A급 전범으로 사형되었다)이 아침 산책길에서 소학생들의 머리를 쓰다듬어 주는 사진이 조간신문에 나와 있다. 내가 감탄하면서 보고 있더니 옆에 계신 아버지가 조용히 그러나 몹시 불쾌한 듯이 "이런 짓을 한다니 수상도 이제 끝장이다"라는 의미의 말을 중얼거린다.

과거

생각나는 것도 싫은 과거는 나에게 없다. 그때 그렇게 하면 좋았다는 후회도 없다. 후회하지 않도록 노력하면서 살아온 것도 아니고 또 어떤 잘못도 뉘우치지 않겠다는 강한 의지가 있는 것도 아니다. 나는 다만 후회라는 형태로 과거를 생각하지 못하는 것 같다.

나에게 있어 과거는 내 배후에 늘어난 도로 같은 것이 아니다. 과거는 더 공간적으로 얽히면서 펴져 있다. 그러므로 날짜나 연대순으로 과거를 정리하는 일은 서투르다. 끝나 버리면 아무것도 남지 않으니까. 나는 내가 지금도 유년시절에 붙잡혀 있음을 종종 느낀다.

즐겁게 회상할 수 있는 과거도 나에게는 거의 없는 것 같다. 어릴 때 피터 팬을 동경해서 영원히 어린아이로 있고 싶었던 적은 있지만 지금 어린 시절로 되돌아가고 싶은 마음은 티끌만큼도 없다. 피터 팬을 동경한 것은 사춘기에 가까워진 나의 육체가 한때 몹시 추하게 느껴졌기 때문이며 내 뜻대로 살 수 없는 미성년기는 오히려 고통이 많았던 것 같다.

외아들로 태어나 어머니에게 응석부리면서 자란 나는 어릴 때 어머니를 잃는 것이 무엇보다도 무서웠다. 어머니가 늦게 귀가하는 날에는 혼자 벽을 향해 훌쩍훌쩍 울면서 어머니의 죽음을 되풀이해 상상하면서 그것을 견디어낼 수 있게 스스로 훈련했다. 어머니와의 유대가 너무 강했기 때문에 청년기에 접어들어 정신적으로 어머니에게서 독립했을 때 나는 내가 혼자 살 수 있는 것처럼 착각하고 있었다.

지금도 내 마음속 어딘가에, 혼자 살 수 있다, 혼자 살 수밖에 없다는 감각이 남아 있는 것 같다. 그것은 어떤 면에서 내 강인함으로 나타나기도 하지만 지금 나는 그것이 이기주의와 결부되어 있다는 사실이 더 중대하게 느껴진다.

공습

소이탄이 밤하늘에서, 빛의 비처럼 내려온다. 아름답다고 느낄 여유는 없었을 텐데 기억 속에서는 아름답다. 바로 위에서 떨어진 그것들이 바람을 타고 천천히 흘러간다. 살았다는 마음은 숨기지 못한다.

동쪽에 불길이 일어나 곧 집 주변의 골목이 피란민들로 북적거린다. 방공두건을 쓴 채, 나는 잠이 든다.

다음날 아침 일찍 친구들과 자전거를 타고 고엔지(高圓寺) 부근의 불탄 자리를 보러 간다. 불에 타서 죽은 사람의 유해는 다 까맣고 이상하게 윤이 나 가다랑어포를 연상시킨다. 가랑이에 작은 구멍이 뚫어 있다. (이런 경험은 더 이상 무엇을 써도 수식에 지나지 않는다는 느낌을 나는 떨칠 수가 없다. 그때 내 감정도 잘 생각나지 않는다고 하는 게 가장 정확할 것이다. 심각한 분위기는 없었고 우리들은 오히려 신이 났던 것 같은데)

불발의 소이탄을 줍고 온다. 안에 들어 있던 마그네슘 가루는 불을 붙이면 불꽃놀이처럼 탄다. 신관은 분해하려고 해도 도저히 못한다. 돌에 내리쳐 봤더니 작은 파열음이 났다. 육각형의 통 모양을 한 추 같은 것은 대나무 막대기에 붙여서 현미를 술병 속에 넣고 찧을 때 이용한다.

학교에 가면 친구가 유리 파편 같은 것을 주었다. 적기의 방풍유리 조각이라 한다. 문질러 봤더니 달콤한 냄새가 난다. 합성수지를 만져 본 것은 이게 처음일 것이다.

시를 쓰기 시작했을 때

(「1955년에 쓴 짧은 글」 중에서)

스스로 시인을 자칭해야겠다고 각오한 게 언제였을까. 중학교 동급생이었던 기타가와 사치히코(北川幸比古, 1930~, 아동문학작가, 번역가)를 통해 시를 가까이하기 시작했을 적에는 내가 시인이 되리라고는 꿈에도 상상 못했다. 나는 문학청년은 아니었던 것 같다. 중학교 시절 한때 빗나가기는 했었지만 그것은 아마 사춘기에 접어들었기 때문이었으며 육체에서 생기는 문제들을 정신 탓으로 돌리고 싶지 않았던 기억이 있다. 학교가 너무 싫은 것을 제외하면 나는 전후의 이상한 시기를 무척 행복하게 보냈다. 즉 나는 이상한 시대를 보통처럼 살았다. 나에게는 이상한 것을 보통이라고 믿는 버릇이 있었다.

기타가와는 나보다 훨씬 예민한 문학청년이었다. 나는 탁구를 같이 치는 것처럼 그를 따라 시를 썼다. 당시 내가 가장 좋아한 시인은 이와사 도이치로(岩佐東一郎, 1905~1974, 시인)였다. 지금 생각하면 천박한 이해였겠지만 나는 이와사 씨의 시를 아주 멋있게 봤다. 나는 그의 재치와 절제된 정념이 좋아 공공연히 그를 모방했다. 내가 어떤 마음으로 시를 노트에 적기 시작했는지 지금은 잘 모른다. 하지만 차차 시를 쓰는 것 이외에 할 일이 없어진 것은 사실이다. 유감스럽게도 그게 가장 진실에 가깝다. 나는 시를 더 없이 좋아하는 사람이 아니다. 내가 쓴 것을 잡지에 투고하게 된 것도 입시 공부를 하는 사이의 심심풀이에 지나지 않았다. 『형설시대(螢雪時代)』에서 노트, 『학창(學窓)』에서 만년필, 그리고 가장 큰 상금으로는 『학원(學苑)』이라는 잡지가 하는 콩쿠르에서 2등이 되어 삼천 엔쯤 받은 적이 있다. 대학교에 안 가겠다고 고집을 부리는 대신 내가 앞으로 할 일을 양친에게 보여서 안심시켜 드려야 하게 되었을 때, 시를 쓴 두 권의 노트가 도움이 되었다. 돌이켜보면 일생의 실패가 이때 시작된 것이다. 나는 그날부터 터프가이가 되는 것을 포기해야 했다. 미요시 다쓰지(三好達治, 1900-1964, 시인) 선생님이 내 시를 칭찬하러 일부러 와 주셨을 때도 나는 아직 철이 없어서 시인이 된다는 게 얼마나 무서운 일인지 전혀 이해 못하고 있었다.

하지만 지금 생각하면 내가 시에 입문한 방식은 아주 좋았던 것 같다. 나는 아무런 이상도 선입견도 없이 자연스럽게 즉물적으로 시를 알아갔다. 적어도 당시 나는 감상적이지 않았고 관념적이지도 않았다. 나는 자전거를 타는 것처럼, 탁구를 치는 것처럼, 시를 썼다. 태평스러운 이야기다. 이제 나도 늙었다. 과장이 아니라 요즘 그런 생각이 든다.

시는 그래도 괜찮지만 젊을 때 쓴 글이란 참으로 구제할 길이 없는 것이다. 예를 들어 이 글 속의 "일생의 실패가 시작했다" 같은, 유머도 못 되는 불쾌한 말투. 또 다른 예를 보면 「세계로!」라는 글에 나오는 "시에서 모든 애매한 사성(私性)을 완전히 추방해 버린다" 같은 공소한 허식. 지적하면 끝이 없는 이런 내 천박함은, 그러나 그대로 현재의 내 천박함에 이어진다. 이들 글을 전혀 부정해 버릴 만큼 나는 무책임하지는 않고 내 일에만 매달리는 것의 불건전함도 잘 알고 있으나—아니, 이제 그만두자. 적어도 나는 계속 움직이고 있다. 하루의 우울증을 술로 달래지 못하고 하물며 시로 달래는 것은 도저히 못하면서.

빠뜨린 게 하나 있다. 처음 잡지에 시를 투고했을 때 나는 최초이자 최후의 필명을 썼다. 어떤 시를 썼는지는 잊어버렸지만 그 필명만은 기억한다. '다나카와 신타로(棚川新太郎)'라는 이름이다. (1969년 9월)

내가 좋아하는 물건

신경림

시카다상 토로피

2007년에 스웨덴의 시카다(cicada)문학상을 받았을 때의 토로피. 시카다는 스웨덴말로 '매미'라는 뜻인데 이 토로피도 매미가 그려져 있습니다. 매미는 방사능의 오염도 이겨내는, 강항 생명력과 평화의 상징입니다.

호랑이 그림

가장 한국적인 서양화가 박수근(朴壽根) 화백이 그린 호랑이. 친근하고 힘을 주는 그림이라 현관에 걸었습니다.

날밑

철학자였던 우리 아버지는 미술품이나 공예품을 좋아해서 여러 가지를 수집하셨는데, 이 날밑도 컬렉션 중의 하나입니다. 그는 "나는 1939년부터 40년까지의 짧은 기간이었지만, 무로마치(室町)시대부터 모모야마(桃山)시대에 걸쳐 제작된 날밑에 열중했다. 나를 매료한 것은, 장인이나 갑주사(甲冑師) 같은 전문기술자가 아닌 사람들이 만든, 단순한 무늬의 날밑이었다"라고 쓴 바 있습니다.

나오는 말

처음 써보는 대시이고 더구나 그것이 서로 말이 다른 이웃나라 시인과 함께여서, 쓰면서 내내 즐거웠습니다. 우리가 서로 나라가 다르고 말이 다른 만큼 생각이나 정서가 같을 수야 없겠지만, 더 중요한 것은 이 지구상에 같은 시대에 발을 딛고 사는 사람이라는 점입니다. 같은 시대에 같은 하늘의 같은 별을 보면서 꿈을 꾸고, 뜨는 해 지는 해를 함께 보면서 살아간다는 일이 얼마나 소중한 일인가 하는 생각도 들었습니다.

우리는 어차피 세상에 나와 배우고 익힌 언어로 시를 씁니다. 그러나 우리의 시가 추구하는 언어는 그 속에 보석처럼 박힌 정수(精髓)입니다. 그렇다면 다니카와 씨와 내가 시를 통해 추구하는 언어는 서로 다르지 않지 않을까요?

2014년 12월 신경림

©정유민

옮긴이의 말

수줍고 부드러운 만남

대담하기 위해 다니카와 슌타로 씨와 신경림 씨가 첫 대면을 했을 때 맨 먼저 눈에 띈 것은 두 분 키가 거의 비슷하다는 사실이었다. 같은 연배 남성의 평균에 비하면 꽤 작은 편이다. 나란히 앉은 모습이, 마치 깊은 숲 속에서 나온 요정들이 그루터기에 걸터앉아 세상 이야기를 하는 것처럼 보였다. 태어나고 자란 환경이나 경력은 다르지만 둘 다 어릴 때 맹목적으로 사랑 받은 적이 있으며, 그 경험에서 필연적으로 생긴 어떤 나약함과, 그 나약함을 덮어 가리기 위해 성장과정에서 스스로 만들어낸 누에고치 같은 것을 공통적으로 내부에 가지고 있다. 뱃가죽이 얇아서 서로 그 누에고치가 가끔 들여다보일 것이다.

도쿄에서의 대담은 『신경림 시선집 — 낙타를 타고(申庚林詩選集 — ラクダに

ⓒ정유민

乗って)』(요시카와 나기 역, 도쿄: 쿠온, 2012) 출판을 기념해서 재일본한국 YMCA에서 행해졌다. 또 다음해에는 다니카와 씨의 동화책 『여기에서 어딘가로』 『와하 와하하의 모험』(박숙경 역, 소년한길, 2013)이 한국에서 출판되면서 파주 북소리에서 다시 대담을 하게 되었다. 대담과 함께 시 낭송도 있었는데, 다니카와 씨 작품은 다니카와 씨가 일본어로 읽은 다음 신경림 씨가 한국어번역으로 읽었다. 신경림 씨 작품도 신경림 씨가 한국어로, 다니카와 씨가 일본어 번역으로 낭송했다. 그것은 그것대로 깊은 대화를 나누고 있는 것 같았다.

'연시'(連詩)는 일본의 전통시 '연가'(連歌)를 현대시에 응용한 것으로, 시인 몇 명이 모여 돌아가면서 각기 몇 줄씩 시를 쓰는 형식이다. 그렇게 해서 공동으로 긴 시 한 편을 완성시킨다. 앞 사람이 쓴 시에서 연상을 얻어 다른 사람이 또 몇 줄 쓰는데 내용이 어디로 흘러가는지 쓰는 본인들도 잘 모르면서 진행된다. 이번 연시는 두 명으로 했기 때문에 '대시'(對詩)라고 불린다.

한국에 없는 형태의 시라 신경림 씨는 처음에는 좀 망설이는 눈치였으나, 짧은 시를 몇 번 주고받으면서 금방 그 재미를 이해하신 모양이다. 이번 대시는, 규칙은 일절 만들지 않고, 서울과 도쿄에서 발신되는 전자메일에 의해 2014년 1월부터 6월 말에 걸쳐 단속적으로 쓰여졌다. 말할 나위도 없이 중간에는 항상 번역자가 개재하고 있다. 그 사이에 일어난 세월호 사건으로 신경림 씨가 큰 충격을 받아 대시의 흐름이 약간 느려지기도 했다.

다니카와 씨와 신경림 씨가 이야기할 때는 대개 그 자리에 있는 누군가가 통역을 한다. 파주에서 두 번째 만났을 때, 점심식사를 겸한 미팅의 자리에서도, 두 분은 어쩐지 수줍어해서 서로 말이 적었다. 그러나 조금 지나면 부드러워져서 농담들도 나오게 됐다. 이다음에 다시 어디서 만나도 역시 처음에는 쑥스러워하고 조금 지나면 부드러워질 것이다.

그 다음에도,

또 그 다음에도. 아마.

2014년 12월 쾌청한 날에

요시카와 나기(吉川凪)

약력

다니카와 슌타로 谷川俊太郎

Tanikawa Shuntaro

1931년 도쿄 태생. 1952년 첫번째 시집 『20억 광년의 고독』을 출간. 「월화수목금토일의 노래」로 제4회 일본레코드대상(1962) 작사상, 『마더 구스의 노래』로 일본번역문화상(1975), 『나날의 지도』로 제34회 요미우리(讀賣)문학상(1982), 『철부지』로 제1회 하기와라 사쿠타로(萩原朔太郎)상(1993), 『트롬쇠 콜라주』로 제1회 아유카와 노부오(鮎川信夫)상(2010) 등 많은 문학상을 받았다. 수많은 저서를 출간했으며 시 이외에도 그림책, 에세이, 번역, 각본, 작사 등 넓은 영역에서 작품을 발표해 왔다. 근년에는 시를 채집하는 아이폰 어플 『다니카와(谷川)』, 우편으로 독자들에게 시를 보내는 『포에 메일』 등 시의 가능성을 넓히기 위한 새로운 시도를 하고 있다.

신경림 申庚林

Shin Kyung-rim

1935년 충북 충주 태생. 동국대 영문과 졸업. 1956년 『문학예술』에 「갈대」 등을 발표하면서 창작활동을 시작했다. 첫 시집 『농무』 이래 민중의 삶에 밀착한 리얼리즘과 뛰어난 서정성, 민요의 가락을 살린 시로 한국 현대시의 흐름을 바꾸고 민중시의 시대를 열었다. 1970년대부터는 문단의 자유실천운동, 민주화운동에서 중요한 역할을 다했다. 시집으로 『농무』 『새재』 『달 넘세』 『가난한 사랑노래』 『길』 『쓰러진 자의 꿈』 『어머니와 할머니의 실루엣』 『뿔』 『낙타』 『사진관집 이층』, 장시집 『남한강』, 산문집 『민요기행』 1·2, 『신경림의 시인을 찾아서』 1·2, 『바람의 풍경』 등이 있다. 만해문학상, 한국문학작가상, 이산문학상, 단재문학상, 대산문학상, 공초문학상 등을 수상했다. 현재 동국대 석좌교수로 재직하고 있다. 취미는 바둑과 등산.

수록 작품 목록

ㄴ 대시 ____ 신작

ㄴ 시

- 다니카와 슌타로

「20억 광년의 고독(二十億光年の孤獨)」「슬픔(かなしみ)」… 『二十億光年の孤獨』(東京創元社, 1952)

「책(ほん)」… 『すき』(評論社, 2006)

「자기소개(自己紹介)」… 『私』(思潮社, 2007)

「임사선(臨死船)」… 『トロムソコラージュ』(新潮社, 2009)

- 신경림

「겨울밤」「갈대」「숨막히는 열차 속」「떠도는 자의 노래」… 『신경림 시전집』1, 2(창비, 2004)

「낙타」… 『낙타』(창비, 2008)

ㄴ 에세이

- 신경림

『못난 놈들은 서로 얼굴만 봐도 흥겹다』(문학의 문학, 2009)에서 발췌

- 다니카와 슌타로

『二十億光年の孤獨』(集英社文庫, 재록, 2008)에서 발췌

ⓒ정유헌

'한일 작가들의 대화' 시리즈에 대하여

한반도와 일본 열도는 시대에 따라
어느 날은 가까웠다가 또 어느 날은 멀어지기도 하면서
지금까지 이어져 왔습니다.
아마도 계속하여 가까워졌다가 또 멀어졌다가를 되풀이하겠지요.
현실 사회에 살고 있는 우리들은
그 영향에서 뚝 떨어져 지내기는 어려울 것입니다.

그렇지만 우리는 항상 다른 하나의 시점(視點)을 잃지 않으려고 합니다.

'사람'과 '사람'이 만나서 대화를 할 때,
진지하게 상대의 생각을 듣고 자신의 생각을 전하면 자기 안에 있는 무언가가 눈을 뜨게 되고,
아주 조금일지라도 그것은 의미 있는 것으로 바뀝니다.
다른 언어, 다른 문화를 가지고 있는 사람들끼리라면 그 상호작용은 더 커질 것입니다.

이 만남에서 무엇이 생겨날까, 우리는 아직 모릅니다.
독자 여러분과 함께 무엇이 생겨나는지 보고자 이 한 권을 만들었습니다.

이 시리즈는 위즈덤하우스와 일본의 쿠온출판사가 공동 기획하여 한일 양국에서 동시 출간합니다.
このシリーズは、ウイズダムハウスと日本のクオン出版社の共同企画で、日本と韓国で同時に刊行されます。

옮긴이 요시카와 나기 吉川凪

오사카 출생. 번역가. 신문사 근무를 거쳐 한국에 유학, 인하대 국문과 대학원에서 한국현대문학 전공. 문학박사. 저서로 『최초의 모더니스트 정지용』, 『朝鮮最初のモダニスト 鄭芝溶』 『京城のダダ 東京のダダ — 高漢容と仲間たち』 등이 있다.

모두 별이 되어
내 몸에 들어왔다

초판 1쇄 발행 2015년 3월 15일 초판 2쇄 발행 2015년 4월 1일

지은이 신경림 · 다니카와 슌타로 옮긴이 요시카와 나기
펴낸이 연준혁

출판 1분사
책임편집 한수미
디자인 함지현 제작 이재승

펴낸곳 (주)위즈덤하우스 출판등록 2000년 5월 23일 제13-1071호
주소 경기도 고양시 일산동구 정발산로 43-20 센트럴프라자 6층
전화 031)936-4000 팩스 031)903-3891 홈페이지 www.wisdomhouse.co.kr
종이 월드페이퍼 인쇄·제본 (주)현문 후가공 이지앤비

값 12,000원
ISBN 978-89-5913-896-8 03810

* 이 도서의 국립중앙도서관 출판예정도서목록(CIP)은 서지정보유통지원시스템 홈페이지(http://seoji.nl.go.kr)와 국가자료공동목록시스템(http://www.nl.go.kr/kolisnet)에서 이용하실 수 있습니다.(CIP제어번호: CIP2015006935)